周桂音 —— 譯

作家的祕密生活

La vie secrète des écrivains

法國小說暢銷紀錄不敗冠軍
最受歡迎天王級作家

GUILLAUME MUSSO
紀優・穆索

獻給納森

想存活，就得說故事。

——安伯托・艾可《昨日之島》

番紅花岬角
南十字星
銀灣海灘
針尖嶼
松之峽灣
波之海灘
薩拉托加平台
柏 夢 島
N
O
E
S

聖朱利安玫瑰港
碼頭
本篤會修道院
聖蘇菲半島
登巴爾太太的小屋
特莉絲坦娜海灘
地中海

納森・弗勒斯之謎

二〇一七年三月四日《晚報》

傳奇名著《羅蕾萊・奇異》的作者，退出文壇已將近二十年，卻依舊蠱惑著各個不同年齡層的讀者的心。這位作家如今隱居於地中海一座小島上，他頑固堅持拒絕接受任何媒體的訪問。以下是關於柏夢島這位隱士的特別調查報導。

這就是所謂的「史翠珊效應」：你越想隱藏某件事，人們就越對這件事感到好奇。

自從納森・弗勒斯在三十五歲這年突然退出文壇以來，他便飽受「史翠珊效應」折磨。

這位法美混血作家的人生籠罩在神祕的光環之下，二十年來，他的人生總引起許多謠傳與流言。

納森．弗勒斯一九六四年生於紐約，父親是美國人，母親是法國人。他在大巴黎地區度過童年之後，回到美國完成學業，先在菲利普斯學院完成高中學業，接著進入耶魯大學攻讀法律與政治學文憑。畢業後，他投身於人道救援工作，爲「法國反饑餓行動組織」與「無國界醫生」工作，在薩爾瓦多、亞美尼亞與庫德斯坦等救援現場工作了好幾年。

．成功作家

一九九三年，納森．弗勒斯回到紐約，並出版了第一本小說《羅蕾萊．奇異》，描述一名少女在精神病院的啟蒙歷程。本書剛上市時並未立刻暢銷，但在讀者——尤其是年輕讀者口耳相傳之下，書在幾個月後登上暢銷排行榜第一名。兩年後，弗勒斯出版第二本書《美國小城》，這是一本厚達一千頁的浩瀚組曲式小說，弗勒斯以此書奪下普立茲小說獎，並被譽爲美國文壇最具原創性的作家之一。

一九九七年底，弗勒斯前所未見地讓文壇大吃一驚。此時他已搬到巴黎居住，他的新書直接以法文出版。這本《烈雷灼身》是令人心碎的愛情故事，但同時也對訣別、精神生活與寫作的力量等主題進行了深度思索。法國讀者這時才真正發現弗勒斯這位作家，尤其是在電視節目《文化高湯》其中一集，特別邀請弗勒斯和薩爾曼．魯西迪、安伯托．艾可、馬利歐．巴爾加斯．尤薩一起上節目之後。一九九八年十一月，弗勒斯再度參加《文化高湯》節目錄影，結果這是他倒數第二次接受媒體訪問。七個月後，才剛滿三十五歲的弗勒斯在法新社一場驚人的訪問中，宣布他已決定封筆，絕不反悔。

．柏夢島的隱士

在這之後，弗勒斯便堅守這個立場。他搬進一棟位於地中海的小島——柏夢島的屋子，從此不再發表任何文章，也不再接受記者採訪。凡是希望改編他的小說的影視邀約，他也全部拒絕了（Netflix和亞馬遜最近又再度碰釘子，儘管他們提出的價格據說很驚人）。

已經將近二十年了，這位「柏夢島隱士」保持沉默，但這沉默卻是過於喧囂的沉默，不斷滋養著各種幻想。年僅三十五歲的納森·弗勒斯，在正值成功的顛峰時期，選擇避世隱居，原因究竟是什麼呢？

「所謂的『納森·弗勒斯之謎』並不存在，」弗勒斯一直以來唯一的經紀人賈斯伯·范威克這樣向我們保證，「這其中沒有什麼值得揭穿的祕密。納森只是轉換跑道而已。他永永遠遠結束寫作事業、離開文壇。」關於弗勒斯的日常生活，范威克的回答依舊相當模糊：「就我所知，納森忙於他的私人事務。」

·若想開心過活，就躲起來生活

爲了讓讀者徹底死心，范威克表示：「二十年來，弗勒斯連一行字都沒寫。」他說得斬釘截鐵：「儘管《羅蕾萊·奇異》常被拿來和《麥田捕手》作比較，但弗勒斯並不是沙林傑，弗勒斯家裡並沒有裝滿手稿的保險箱。署名納森·弗勒斯的新小說，連一本都不會出現，永遠不會，就算在他死後也不會。我非常肯定。」

但是，最爲好奇的某些人士卻從未因爲這項忠告而洩氣，他們依舊試著挖掘更多消息。這些年來，許多讀者飄洋過海前往柏夢島，另外還有幾個記者也去弗勒斯家附近遊盪，卻總是吃閉門羹。島上的居民似乎毫不信任外地人。這並不令人訝異，因爲柏夢島在弗勒斯遷居之前，就已經將「若想開心過活，就躲起來生活」這句箴言視爲座右銘。市政府的祕書僅僅如此說明：「無論是不是知名人士，市政單位都不會透露居民的身分和私人訊息。」很少島民願意和我們談論這名作家。而少數願意回答我們問題的當地人，談到他們這裡來了《羅蕾萊．奇異》的作者時，都把這件事描述得稀鬆平常。「納森．弗勒斯並未足不出戶躲在家裡，也沒有自我封閉，」島上唯一一名醫生的妻子伊凡妮．西卡這樣說，「我們常看到他開著Mini Moke吉普車出門來城裡，去城裡唯一的小超商『艾德超市』採買。」他也常常光顧島上的酒吧，「尤其是當酒吧轉播馬賽奧林匹克足球隊的比賽時。」酒吧老闆這樣說。酒吧裡的另外一名常客表示，「納森不像某些記者描述的那麼孤僻，他蠻討人喜歡的，很懂足球，喜歡日本威士忌。」只有一個話題會讓他發火：「如果你試圖要他談論他寫的書或討論文學，他就會離開酒吧。」

．文學界的缺憾

至於作家同仁這方面，許多人是納森．弗勒斯的死忠支持者，例如《天使三部曲》的作者湯姆．波伊德[1]便對他抱持著無限的景仰：「我最美好、最感動的閱讀體驗，有幾次都來自於他的作品。在所有對我影響深遠的作家當中，他無可否認是其中之一。」托馬．德加雷[2]也表示相同意見，他認為納森．弗勒斯以三本風格迥異的書，創造出劃時代的原創作品。「我當然和大家一樣，對他退出文壇這件事深感遺憾，」德加雷表示，「我們的時代缺了他的聲音。我非常希望納森再度提筆，回到文學界，寫本新的小說，但我想這是永遠不可能的了。」

或許確實如此，然而，別忘了弗勒斯在他的最後一本小說中，選擇了《李爾王》劇中的這句話作為卷首引言：「是星辰，是天上的星辰，主掌我們的人生。」

尚－米歇爾．杜布瓦

1 譯注：穆索《紙女孩》主角。
2 譯注：穆索《少女與夜》主角。

不再寫作的作家。

寄件者　**卡爾曼—萊維出版社**

巴黎市第六區蒙帕納斯路二十一號（郵遞區號：七五〇六）

檔案編號：三七九五二九

收件人　**哈法葉・巴戴先生**

蒙魯日鎮阿里斯蒂德・白里安大道七十五號（郵遞區號：九二一二〇）

您好：

敝社已確實收到您來稿之大作《樹冠羞避》，我們非常感謝您對敝出版社寄予之信任。

您的大作已由審稿委員會仔細研讀，無奈的是，大作與敝社目前徵求的作品類型並不相符。

祝您的大作早日尋獲出版社。

敬祝順心。

文學組祕書

二〇一八年五月二十八日於巴黎

P.S. 您的稿件將於敝社保存一個月，期間您可要求取回。若您希望我們以郵寄方式寄回，請寄給我們一個回郵信封，感謝。

01

作家的首要資質

作家的首要資質，是屁股要結實。

——達尼・拉費里埃

1

晴空閃耀，風將船帆吹得啪啪作響。

這艘帆船在下午一點多駛離瓦爾海岸，現在以每小時五海浬的速度筆直開向柏夢島。我坐在船長旁邊，陶醉於外海的空氣中，凝視著地中海面閃爍的金色光點，整個人都沉浸其中。

這天早上，我離開巴黎郊區的小套房，搭六點出發的高鐵，前往亞維儂。到亞維儂之後再搭巴士到耶爾鎮，接著坐計程車到聖朱利安玫瑰港這個小港口。要前往柏夢島，只能從這個碼頭搭船渡海。由於法國國鐵一再誤點，我抵達港口時，下午的唯一一班船剛開走五分鐘。就在我拖著行李箱，在碼頭上遊盪時，有艘荷蘭帆船正準備出發去柏夢島接客戶，船長好心邀我和他一起出航。

我今年剛滿二十四歲，人生正處於徬徨的十字路口。兩年前，我從巴黎一間商業學校畢業，但並沒有去找相關領域的工作。我受這些教育只是為了讓父母安心，事實上我並不希望人生只有企管、行銷、金融。這兩年來，為了支付房租，我打過各式各樣的工，但我所有的創作力都投注在我的一本小說《樹冠羞避》上。這本書剛被十幾間出版社退稿。我把所有退稿信函都釘在書桌前的告示牌上，每當新的圖釘刺進軟木深處時，我都覺得那圖釘也刺進我的心臟。我對寫作的熱情有多強烈，我的沮喪就有多強烈。

幸好這沮喪之情從來不會持續太久。直到目前為止，我總能說服自己，告訴自己現在的失敗是為了將來的成功作準備。為了讓自己相信這個說法，我拚命攀住一些知名的例子當作浮木。史蒂芬．金常說，《魔女嘉莉》曾被三十間出版社拒絕。而倫敦的出版社當中，有一半曾經認為《哈利波特》第一集「著實太長，不適兒童閱讀」。此外，法蘭克．赫伯特的《沙丘》成為全世界最暢銷的科幻小說之前，曾遭受二十次退稿的命運。至於美國的偉大小說家費滋傑羅，據說在他書房的牆上貼滿了一百二十二封退稿信，都是他向雜誌投稿小說被拒的回函。

2

然而，這種自我催眠也是有極限的。儘管我萬分想要寫作，卻很難再度提筆。導致我卡關的因素，並不是腦閉塞或缺乏靈感這類問題，而是一種極度有害的感覺，我覺得我的寫作永遠不可能進步了，我覺得彷彿失去方向。我需要有人從新的觀點來指點我的作品，需要有個什麼人，抱持著善意，卻又絕不手軟。今年初，我報名了一門「創意寫作」課程，規劃課程的是一間極有威望的出版社。我對這門寫作課寄予厚望，但很快就洩了氣。課程講師是一名曾在九〇年代風光過一陣子的小說家貝納．杜菲，他介紹自己是「風格的技匠」（這是他本人的用詞）。「你們所有作品都應建立在**語言**之上，而非建立在故事之上，」他無時無刻不這樣重複說著，「情節的用途，只是為了服務語言。書本只有一個目的，就是追尋形式、韻律、和諧。只有在形式、韻律與和諧當中，才可能出現原創性，因為莎士比亞已經把所有故事都寫完了。」

這門寫作課程共有三堂課，每堂四小時，花了我一千歐元，結果只讓我覺得憤怒，還搞得我身無分文。或許杜菲是對的，但我個人的想法和他完全相反，我認為風格本身並非目的。作家的首要資質，是要懂得用一個好故事來迷住讀者，懂得用這個故事將讀者從日常生活中抽離出來，將讀者丟進故事人物的私密世界，使他進入一個屬於角色的真實世界。風格只是為了將敘事轉化為一種活生生的存在，是一種讓故事震動起來的手段。其實，我才不在乎杜菲這種學院派作家的意見。我想聽的，只有一個人的意見。對我來說，只有這個人的意見是重要的，那就是我永遠的偶像、我最喜愛的作家——納森・弗勒斯。

我在青春期進入尾聲時，首度接觸了弗勒斯的書，當時他已經退出文壇很久了。高三那年，我當時的女友黛安・拉博里送了我弗勒斯的第三本小說《烈雷灼身》當作分手禮物。和失戀這件事相較之下，我得說這本小說反而更震撼我心，雖說我和黛安之間的愛其實也不能算是愛。我接著讀了弗勒斯的另外兩本書《羅蕾萊・奇異》和《美國小城》。

在這之後，我再也沒讀過更加振奮人心的作品。

弗勒斯那獨一無二的寫作方式，使我覺得他是直接對我說話。他的小說很流暢、很強烈，充滿生命力。我明明不是會那種崇拜偶像的人，他的書我卻一讀再讀愛不忍釋，因為書中字句寫進我心坎裡，讓我想到自己，想到我和他人的關係，想到人生是多麼難以掌控，而人類和生命又是如此脆弱。這些書給了我力量，也給了我強烈的寫作欲望。

弗勒斯退隱後的這些年，曾有其他作家試圖採取他的風格，在他的世界中汲取靈感，模仿他建構情節的方式，或是笨拙地仿效他那敏銳的感受性。對我來說，這些後繼者沒有一個人比得上他，連十分之一都比不上。世上只有一個納森·弗勒斯。人們喜歡他也好、不喜歡也罷，但他們總得承認，弗勒斯是獨一無二的作家。就算你在不知道作者是誰的情形下讀他的作品，只要讀一頁，就能認出這就是他。我一直認為，這代表他擁有真正的才華。

我也仔細研究了弗勒斯的作品，試著找出其中的祕密，接下來我的野心開始變大，希望有機會和他取得聯繫。儘管知道我收到回音的機會微乎其微，我還是寫了幾封信給他，寄給他在法國的出版社，和他的美國經紀人。我也把我的作品寄給了他。

然後，十天前，我在柏夢島官方網站寄送的電子報中發現一則徵人啟事。上面寫著：

島上的小書店「緋紅玫瑰」正在招募一名員工。我看到後，馬上直接將應徵信寄到書店老闆格雷古瓦・奧狄伯的電郵信箱，當天他就用 FaceTime 和我聯絡，通知我錄取了。我將在書店工作三個月，薪水不怎麼樣，但提供住宿，而且每天供兩餐，用餐地點是村莊廣場上一間名叫「太多咖啡」的餐廳。

我很開心能夠拿到這份工作。如果我沒會錯意的話，據書店老闆的說法，這工作能給我時間寫作，而四周環境又極能激發靈感。此外，我很確定，這份工作可以使我有機會遇見納森・弗勒斯。

3

帆船在船長操作之下漸漸減速。

「前面就是陸地了！」他用下巴指著地平線彼端浮現的島嶼嚷道。

從瓦爾海岸航行至柏夢島約需四十五分鐘。柏夢島的形狀像個可頌麵包，是個長約十五公里、寬約六公里的弓形島嶼。這裡總被形容為地中海的一顆珍珠，擁有一片珍貴的、未被過度開發的自然風光，島上錯落散置土耳其藍海水的小海灣、峽灣、松林，以及細緻的沙灘。這裡有永恆的蔚藍海岸，但沒有觀光客、污染和水泥。

啟程前的這十天，我有充分的時間搜尋、查閱這座島嶼的相關資料。柏夢島自一九五五年起便屬於葛里納利家族，這個低調的義大利工業大亨家族從一九六〇年代初開始便投資驚人巨款開發柏夢島，進行大型引水工程和土方工程，從無到有地建了一處遊艇碼頭，這是島嶼海岸最早的碼頭之一。

這些年來，島嶼的發展遵循著一條明確的準則，也就是絕不為了所謂的現代化而犧牲島上居民的安適。對島民而言，他們面臨的威脅有二：一是投機客，二是觀光客。

為了限制島上的建築物數量，柏夢島管理委員會通過了一項簡單的規定，限定島上水錶的總數定額。這個策略是參考加州的博利納斯小鎮多年來採取的方針。於是三十年來，島上人口都維持在一千五百人上下。柏夢島沒有房屋仲介，一部分的房地產買賣由島上的家族之間互相經手，另一部分則透過島民介紹，以認識買家。至於觀光客，同樣也控制在一定的數量，因為柏夢島和法國本土之間的交通運輸控制甚嚴。無論旺季還是嚴冬，柏夢島永遠只有一艘接駁船，名為「輕狂號」——大家都很誇張地叫它「渡輪」。這艘船每天早上八點、中午十二點半、晚上七點由柏夢島碼頭出發前往聖朱利安玫瑰港，接著再開回柏夢島，一日三班，絕不加開。一切都採取老派作風：島上居民優先登船，不接受事前預約。

具體來說，柏夢島並沒有不歡迎觀光客，但島上完全沒有任何為觀光客準備的設施。整座島嶼只有三間咖啡館、兩間餐廳和一間酒吧。島上一間旅館都沒有，民宿也很少。然而，當你越是希望人們不要來這裡，就會越使這裡顯得神祕，結果是柏夢島變成了熱門的夢幻景點。除了一年四季都住在島上的當地居民之外，還有一些有錢人在島上擁有度假別墅。幾十年來，也有一些企業大亨和幾個藝術家愛上這裡優雅寧靜的詩情畫意風光。其中一間高科技產業公司的老闆和兩三名葡萄酒產業的知名人士，成功在柏夢島買下當地居民轉手出讓的別墅。但無論這些人多麼出名、多麼富有，他們全都保持低調。社區的居民並不執意同化新成員，他們只要求新來的居民接受柏夢島的價值觀。一直以來，都是這價值觀決定了柏夢島的本質。而且，這些近年遷入的居民經常表現得比其他人更加執著，更致力捍衛柏夢島的原有姿態。

當然，這樣的小圈圈引起許多批評，甚至激怒了那些被排除在外的人。一九八〇年代初，社會黨執政時，政府曾經做過徒勞無功的嘗試，企圖從私人企業手中購回柏夢島——官方說法是為了將柏夢島列入文化資產，但事實上是為了讓這座島嶼不再享有特例。這項計畫受到強烈抗議，政府只好退讓。從這時開始，當局便只好順應事實，承認柏夢島是個特別的地方。於是，距離瓦爾大約一海浬之處，一個小小的天堂沐浴在清澈的海水之中。這是法國的一角，但又不完全是法國。

4

上岸後，我拖著行李箱，走在碼頭的石板路上。遊艇專用港口不大，但整頓得很好，很熱鬧，充滿了魅力。小小的城市沿著海灣周圍而建，建築物排列的方式有點像圓形劇場，一層一層的彩色房屋在鐵藍色天空下閃耀著。這些房子的鮮豔色彩和排列方式使我想到希臘的伊茲拉島，那是我年少時期和父母一起去過的地方。然而，下一刻當我漫走於狹窄而傾斜的小路上時，我又覺得自己身在一九六〇年代的義大利。再接下來，爬上高處之後，島上的海灘和白色沙丘首度映入眼簾，讓我想到麻州那些綿延不絕的沙灘。這是我和柏夢島的第一次接觸。走在通往市中心的主要道路上，行李箱的小滾輪在石板路上喀啦作響，這時我了解到，柏夢島之所以如此特殊，充滿魔力，正因為它是個難以捉摸的集合體。柏夢島是個千變萬化的地方，它獨一無二、無法歸類，無論誰試圖加以分析或解釋，都將徒勞無功。

我很快就走到位於城中央的廣場。這廣場洋溢著普羅旺斯的小鎮風情，看來又彷彿是從讓・吉奧諾的小說裡蹦出來的。柏夢島的主要樞紐是烈士廣場，這座大大的廣場上有樹蔭遮陽，廣場周圍是鐘樓、第一次世界大戰死者紀念碑、噴水池、和用來比賽法式滾球的平地。

柏夢島的兩間餐廳「冬日猴爵」[1]和「太多咖啡」在葡萄藤下相互比鄰。我在太多咖啡的露天座認出格雷古瓦・奧狄伯乾癟的身影，他正在吃椒鹽朝鮮薊，快吃完了。他看起來像個老派的小學老師，蓄著斑白的山羊鬍，身上穿著無袖的短背心，長長的亞麻西裝外套皺巴巴的。

這位書店老闆也認出我來，他闊氣地邀我同桌而坐，請我喝檸檬水，彷彿我才十二歲似的。

「我想，還是現在先告訴你比較好：我今年年底就會把書店收掉。」他這樣宣告，一點都不婉轉。

1 譯注：原文的餐廳名稱「冬季聖戎」（Un Saint Jean Hiver）發音近似「冬天的猴子」（Un singe en hiver）。

「你說什麼？」

「所以我才需要徵一名員工，來做做整理、記帳的工作，尤其是最後的大盤點。」

「你的意思是書店要關門了？」

他一面點頭，一面用麵包沾盤子裡剩下的橄欖油。

「可是，為什麼？」

「做不下去了。書店一年比一年更冷清，不可能好轉。總之，你也知道問題何在——政府放任那些網路巨人穩定成長、生意興隆，而他們甚至不在法國繳稅。」

這位書店老闆嘆口氣，沉思幾秒鐘之後，以半宿命半挑釁的態度說道：

「再說，看清現實吧：現在你只要用 iPhone 點三下，書就會直接送到你家，這樣的話，為什麼還要這麼麻煩特地去書店？」

「為了各式各樣的原因！您試過找人接手這間書店嗎？」

奧狄伯聳聳肩。

「沒人有興趣。現在沒有什麼比賣書更難賺。我的書店不是第一間關門的，也不會是最後一間。」

他把壺內剩下的酒倒進杯子裡，一飲而盡。

「我帶你去看看書店。」他摺起餐巾，起身說道。

我跟著他穿越廣場，來到書店。書店櫥窗看起來淒慘得要命，裡面放的書大概已經積了好幾個月的灰塵。奧狄伯推開門，別過身子讓我進去。

書店內部和從外面看起來的樣子一樣悲慘。簾幔擋住了所有陽光。胡桃木書架是很有特色沒錯，但書架上放的書都非常古典，很不好讀，甚至有點做作，簡直代表了文化最刻板的一面。於是我開始想像奧狄伯這個人的個性——如果有人強迫他賣科幻小說、奇幻小說或漫畫的話，他應該會心臟病發吧。

「我帶你去你的房間。」他指著書店角落的木梯說。

他的公寓位在書店二樓。我的住處則在三樓，是一間位在斜屋頂下的狹長閣樓套房。打開嘎吱作響的落地窗時，我很驚喜地發現外面是個寬敞的陽台，陽台下面就是廣場。驚人的景致一路延伸至海邊，使我的心情稍微平復了一點。錯綜複雜的小路在散發古舊色澤的赭石建築中彎彎曲曲，一路蜿蜒至海邊。

把東西收拾好之後，我再度下樓去書店找奧狄伯，和他確認我的工作內容究竟是什麼。

「無線網路很不穩，」他一邊啟動老舊的桌上型電腦說，「要常常去樓上重新啟動數據機。」

等待電腦開機時，他將一台電熱爐插上電，將水倒進摩卡壺的下壺。

「要咖啡嗎？」

「當然好。」

他一邊煮著咖啡，我一邊在書店閒逛起來。書桌後方有一面軟木製的告示牌，上面釘滿《圖書週報》的舊封面，都是羅曼．加里還在寫作那個年代的報導（這樣講幾乎不誇張……真的）。我很想將窗簾大大敞開，丟掉那些磨損嚴重的紫紅色毯子，把書架和展示平台從頭到腳都重新整頓一番。

奧狄伯簡直像看透我的心思似的，他開口說：

「緋紅玫瑰書店打從一九六七年就存在了。書店現在看起來不麼怎樣，但當年真的很有一回事。許多外國作家和法國作家都來過這間書店簽書，或來和讀者交流。」

他從抽屜裡拿出一本皮革封面的精裝留言本要我翻閱，在一張又一張的照片中，我確實認出了米歇爾．圖尼埃、勒克萊齊奧、莎岡、讓．端木松、約翰．厄文、約翰．勒卡雷、還有……納森．弗勒斯。

「您真的要把書店收起來嗎？」

「是的，毫不後悔。」他用非常肯定的語氣回答，「現在的人再也不閱讀了，就是這樣。」

我委婉地解釋：

「或許現在閱讀的方式不同了，但他們還是會閱讀。」

奧狄伯轉動電熱爐的旋紐，切掉義式咖啡壺的汽笛聲。

「喂，你懂我的意思吧。我說的不是消遣娛樂用的讀物，我說的是**真正的**文學。」

當然，傳說中的「真正的文學」……和像奧狄伯這樣的人共處時，「真正的文學」或「真正的作家」這種說法總會一再成為討論話題。然而，任何人都沒有權力告訴我該讀什麼、不該讀什麼。這些自命為鑑賞家的人如此斷言何者是文學、何者不是，在我看來是一種毫無止境的自負。

「你身邊有很多真正的讀者嗎？」奧狄伯惱怒起來，「我說的是有智慧的讀者，會把大量時間用於閱讀嚴肅書籍的那種讀者。」

他不等我回答，便激動地繼續說：

「我們就老實說吧，全法國還剩幾個真正的讀者？一萬個？五千個？或許更少。」

「我覺得您太悲觀了。」

「不，一點也不！承認吧，我們正邁向一座文學沙漠。現在每個人都想當作家，再也沒有人閱讀了。」

為了換個話題，我指著貼在留言本裡的那張弗勒斯的照片。

「納森．弗勒斯，您認識他嗎？」

奧狄伯皺起眉頭，猜疑地撇撇嘴。

「算是有點認識。嗯，納森．弗勒斯這個人很難混熟……」

他將杯子端給我，杯中咖啡的顏色和濃稠度都像墨汁一樣。

「一九九五或九六年時，弗勒斯來這裡辦簽書會，那是他第一次踏上這座島嶼。他立刻愛上柏夢島。我還幫他買下他家——那棟『南十字星』，但在那之後，我們之間就幾乎沒有往來了。」

「他偶爾還會來書店嗎？」

「不，從來沒有。」

「如果我去找他，你想他會願意幫我簽一本書嗎？」

奧狄伯搖頭嘆氣：

「我真的勸你打消這個念頭，除非你打算被步槍迎面射一槍。」

納森・弗勒斯在法新社的訪談

一九九九年六月十二日，法新社（節錄）

——您真的確定，在三十五歲聲譽正盛的此刻，您卻要結束您的小說家事業？

是的，這一切都結束了。我從十年前開始認眞寫作。十年來，每天從早上開始寫，屁股黏在椅子上，眼睛死盯著鍵盤，這樣的人生我再也無法忍受了。

——這決定是不可逆轉的嗎？

沒錯。藝術很長，但生命很短。

——但是您去年還說您正在寫一本新的小說，書名暫定《無懈可擊的夏天》……

這個計畫一直停留在構思階段，我已經徹底放棄了。

——對那些等著您出下一本作品的眾多讀者，您想告訴他們什麼呢？

請他們別再等了。我再也不會寫書了。請他們去讀別的作家，少我一個不會怎樣。

——寫作困難嗎？

難，但或許很多別的工作都比寫作更難。寫作這件事讓人焦慮的，是它非理性的一面。寫作是件很複雜的事，就算你已經寫了三本小說，你也不會因此知道第四本該怎麼寫。這其中沒有方法論，沒有準則，沒有標好方向的路徑。每次你開始寫一本新小說，都是縱身跳進未知之境。

——那麼，除了寫作您還會做什麼？

據說我很會做白醬燉牛肉。

——您認為您的小說會流傳後世嗎？

我很希望不要。

——文學在當代社會能扮演什麼角色？

我從來沒想過這個問題，也不打算從今天開始思考這個問題。

——您也同時決定不再接受任何採訪了？

我已經受訪太多次了……採訪是一種曲解練習，除了推銷產品之外沒有什麼意義。最常見的狀況，是你說的話被用不準確的方式報導出來，你說的話被斷章取義、被抽離脈絡——我說「最常見的狀況」，但其實幾乎總是如此。我再怎麼努力「解釋」我的小說都無法滿足，更別說是回答一些關於我的政治傾向或私生活的問題。

——然而，瞭解我們喜愛的作家的生平，可以使我們更懂這些作家的作品……

我和瑪格麗特．愛特伍一樣這樣認爲：因爲喜歡一本書而想認識作者，就像是因爲喜歡鵝肝醬而想去認識那隻鵝一樣。

——但是，想要向作家詢問關於他作品的意義，這樣的渴求不是理所當然的嗎？

不，這並非理所當然。和作家建立正當關係的唯一管道，是閱讀他的作品。

02

學習寫作

和作家這一行相較之下，賽馬騎師的行業看起來倒很穩定。

——約翰・史坦貝克

一週後

二〇一八年九月十八日，星期二

我低著頭，手緊握著腳踏車把手，奮力踩下最後幾下踏板，登上柏夢島最東邊的頂峰。汗珠大顆大顆滴下來。這台租來的腳踏車彷彿有一噸重，我覺得我的肩膀幾乎要被背包背帶壓斷了。

來到島上沒多久，就輪到我愛上了柏夢島。我已在這裡住了八天，把握所有閒暇時間在島上四處遛達，讓自己熟悉島嶼的地形。

而今，柏夢島的北部海岸我幾乎已爛熟於心。北側是港口所在地，最主要的城市和最美的幾座沙灘都在這一邊。南部的海岸則都是懸崖和巨岩，比較不容易前往，風景也更原始，但那裡的美景毫不遜色。我只去南邊海岸探險過一次，去聖蘇菲半島的聖蘇菲修道院走了一遭。那裡現在還住著二十幾位本篤會的修女。

我現在要去的番紅花岬角在島的另一邊，環島公路不會經過那裡。環島公路是島上的主要大道，長約四十公里。前往番紅花岬角必須先越過銀灣海灘（這是島嶼北側最後一座沙灘），接著穿越松林，走一條長約兩公里的狹窄泥巴路。

根據我這一週成功蒐集到的情報，納森・弗勒斯宅邸的入口就在這條路的盡頭。這條路的名字很美，叫做「植物學家的步道」。當我終於抵達門口時，我只看見一道鋁門，鑲嵌在一道厚厚的、用板岩砌建的高牆裡。既沒有信箱，也完全沒有屋主的相關資訊。這棟房子理論上應該叫做「南十字星」，但完全看不到這名字標示在哪，只有幾塊告示牌「熱情」地迎接訪客：「私人土地」、「禁止進入」、「內有惡犬」、「錄影監視中」……甚至連按門鈴都沒辦法，也沒有任何方式能告知主人你在這裡。訊息很明確：「不管你是誰，這裡都不歡迎你。」

我拋下腳踏車，徒步沿著圍牆向前走。走著走著，森林變成一片蕪雜茂密的矮灌木叢林，有歐石楠、香桃木和野生薰衣草。走了五百公尺之後，我來到一道高懸在大海上方的峭壁上面。

我冒著摔斷骨頭的危險，順著岩石向下滑，直到找到一個立足點。我艱困地沿著懸崖前進，在峭壁比較不陡的地方跨步前行。越過這道阻礙之後，我繼續沿著海岸走了五十多公尺，接著繞過一堆岩石，然後終於看見納森・弗勒斯的住宅。

這幢宅邸建在斷崖斜坡上，看起來彷彿鑲嵌在岩石裡。建築是一棟平行六面體，嵌著幾道未加工的鋼筋混凝土平台，非常標準的現代建築，看得出有三層樓，每層樓的側面都有個大露台，有一道石梯直達海邊。建築物的地基似乎和懸崖合為一體。地基處像大型輪船的船身一樣有一排小圓窗，正面鑿了一扇又高又大的門，裡面應該是船棚。船棚前面是一道木製的浮橋，盡頭停了一艘馬達小艇，木製的船殼閃閃發光。

我繼續小心翼翼在岩石上向前走，覺得自己似乎看見中間那層露台有個人影正在移動。那會是納森・弗勒斯本人嗎？我將手放在眼前遮住陽光，想看清楚那個人影。那是個男人的身影，他正舉起步槍……瞄準我這裡。

2

槍聲在空中響起時，我趕緊衝到一塊岩石後面。子彈就在我身後四或五公尺的地方爆開，發出尖銳的聲音，在我耳中劈啪作響。我虛脫地在岩石後方待了一分鐘以上，心臟狂跳，全身發抖，汗水沿著脊椎狂流。奧狄伯沒騙我。弗勒斯已經完全瘋了，他像射鴿子一樣亂射那些膽敢擅闖他家的人。我繼續趴在地上，大氣都不敢喘上一口。被這一槍警告之後，我心中的理智正在大聲嚷著要我快逃，什麼都別多問。但我決定拒絕退讓，再度起身走向屋子。弗勒斯現在已經走到一樓，站在岩石上方的高台上。第二槍射在一截被風吹倒的樹幹上，那截圓木爆開，木屑四散，劃破了我的臉頰。我從來沒這麼害怕過，幾乎是不由自主地堅持前行，固執地從一塊岩石跳到另一塊岩石上。納森・弗勒斯，我這麼喜愛他的小說，他不可能變成殺人凶手。為了使我從這執迷不悟的妄想中清醒過來，第三槍就射在距離我的 Converse 鞋只有五十公分的地方，塵土四濺。

沒多久，我和他之間的距離只剩下幾公尺。

「滾開！你已闖入私人土地！」他站在高台上這樣說。

「總不能因為這樣就對我開槍吧！」

「對我來說，可以！」

陽光直射我的雙眼，弗勒斯的身影逆光，看不清楚。他身高不高，但體型健壯，戴著一頂巴拿馬草帽和一副映著藍色反光的墨鏡。最重要的是，他依舊用步槍指著我，隨時準備開槍。

「你在這裡幹嘛？」

「我是來見您的，弗勒斯先生。」

我挪動背包，打算從裡面拿出《樹冠羞避》的稿子。

「我的名字是哈法葉・巴戴。我寫了一本小說。我希望您能讀讀我的小說，給我一點意見。」

「你寫的小說不關我屁事。而且你沒有權力來我家騷擾我。」

「我對您的敬意太深了，我是不可能騷擾您的。」

「但你現在就在騷擾我。如果你真的尊重我的話，你就會尊重我有不受打擾的權利。」

一隻漂亮的金毛黃金獵犬衝上平台找弗勒斯，對著我吠叫。

「我對你開槍時，你為什麼還繼續向前走？」

「我知道您不會殺我。」

「為什麼？」

「因為您是寫出《羅蕾萊．奇異》和《烈雷灼身》的人。」

逆光依舊眩目，他的冷笑聲傳入我耳中。

「作家賜予筆下人物的美德，如果你以為作家自己也有的話，那你真的很天真，甚至有點蠢。」

「聽著，我只希望您給我一些建議，讓我寫得更好。」

「建議？從來沒有什麼建議能讓作家變得更好，完全沒有！如果你還有一點常識的話，你早就該自己弄懂這回事了。」

「稍微關懷別人一下，對誰都沒有壞處的。」

「沒有人能**教導你**如何寫作。這是你應該自己學習的事。」

弗勒斯沉思一會，稍微放下戒心摸摸那隻狗的頭，然後再度開口：

「好了，你要我給一個建議，我給了。現在你滾吧。」

「我可以把稿子留在這裡嗎？」我從背包裡拿出一疊列印稿。

「不，我是不會讀的。絕對不可能。」

「靠，您真的很難商量！」

「不過，我可以給你另外一個建議，加量不加價：去找別的行業來做，別再想當作家了。」

「我爸媽一直都這樣對我說。」

「看吧，這證明他們沒有你這麼蠢。」

3

突然一陣風吹來，將海浪吹上我站著的岬角。為了避開浪頭，我爬上另一堆岩石，再度拉近我和弗勒斯之間的距離。他再度舉起那支夾在腋下的步槍。雙滑槽臂的雷明登泵動式霰彈槍，像有時會在老片中看到的那種，雖然它是一支獵槍。

「你說你叫什麼名字？」浪退去時，他問。

「哈法葉。哈法葉．巴戴。」

「你幾歲？」

「二十四歲。」

「你從什麼時候開始想寫作？」

「我一直都想寫作。這是我唯一感興趣的事。」

我趁他現在將注意力轉移到我身上，開始滔滔不絕向他解釋，從我小時候開始，閱讀和寫作就是我的救生圈，我向他解釋閱讀和寫作幫了我多大的忙，讓我能夠忍受這世界的平庸和荒謬。書本是如何幫助我建立一座內在的堡壘，它……

「你要繼續發表這些陳腔濫調很久嗎？」他打斷我。

「這不是陳腔濫調。」我惱怒地抗議，同時將我的稿子收進背包。

「如果我現在和你一樣二十四歲的話，我會想做其他事，不會想當什麼作家。」

「為什麼？」

「因為作家的人生是全世界最無趣的東西，」弗勒斯嘆了口氣，「你過得像個活死人，既孤單，又與世隔絕。你整天穿著睡衣，在螢幕前面把眼睛搞壞，整天吃著冷掉的披薩，對想像中的人物說話，而這些人物最後會把你搞瘋。你的夜晚都用來耗盡心血，只為了粗製濫造一個拙劣的句子，而你那些少得可憐的讀者當中，有四分之三的人甚至不會注意到這個句子。作家就是這麼回事。」

「不過，並不是只有這樣……」

弗勒斯彷彿什麼都沒聽見，他繼續說：

「最糟的是，這狗屎般的人生最後會使你上癮，因為它讓你妄想自己是個造物主，能用筆和鍵盤草率地修補現實。」

「說這種話對您來說是很簡單的事。您已經得到一切了。」

「我得到什麼一切？」

「數百萬名讀者、名氣、財富、文學獎，還有女人投懷送抱。」

「說真的，如果你寫作是為了財富或女人的話，不如去找別的事做吧。」

「您知道我的意思。」

「我不知道。我甚至不知道自己為什麼和你聊起來了。」

「我把我的稿子留給您。」

弗勒斯表示反對，但我毫不浪費時間，將背包拋向他站著的平台。

他嚇了一跳，企圖閃躲，以免被我的背包砸到，結果右腳打滑，摔到岩石上面。

他悶吼一聲，試著站起來，同時不禁爆出髒話：

「他媽的！我的腳踝！」

「我太羞愧了，我現在就去幫您。」

「不要靠近我！你如果想幫忙，就給我滾得遠遠的，永遠不要回來！」

他再度拿起槍來，直指我的臉頰。這次我再也不懷疑他會當場把我給槍殺掉。我轉身逃跑，在岩石上踉蹌滑行，用一隻手穩住身子，接著雙手並用，以難看的姿勢逃離這名震怒的作家。

我一面走遠一面想著，現在的納森·弗勒斯怎麼會說出這麼幻滅的話。我讀過很多他在一九九九年之前接受的訪談。退出文壇之前的弗勒斯，非常樂意接受媒體邀約。他在媒體面前暢談的，都是他對文學、對寫作的愛，那時他說的話都充滿善意。是什麼讓他驟然轉變了？

一個人在聲譽正值顛峰時，為什麼會突然放棄他唯一熱愛的事，放棄所有構建他、滋養他的事物，就為了將自己關在孤寂之中？弗勒斯的人生中，是什麼事情錯亂了，而且嚴重到使他捨棄這一切？嚴重的憂鬱症？失去了重要的人？或是生了一場大病？從來沒有人能夠成功回答這些問題。有個聲音告訴我，如果我有辦法揭開納森．弗勒斯之謎，我就能成功實現出書的心願。

我回到森林，跨上腳踏車，重新上路騎回城裡。今天很有收穫。我原本希望能上一堂寫作課，雖然這期待落空了，但弗勒斯給了我比寫作課更好的東西：他給了我一個絕佳的小說題材，也給了我開始寫作的動力，這正是我所需要的。

03

作家的購物清單

有些爛作家聲稱他們寫作只為了自己，我不屬於這幫傢伙。一名作者會寫給自己的東西只有一種，就是購物清單，買完東西之後就可以丟了。除此之外的（……）都是寫給另一個人的訊息。

——安伯托・艾可

三週後

二〇一八年十月八日，星期一

1

納森・弗勒斯憂心忡忡。

他斜躺在扶手椅中，打石膏的右腳擱在柔軟的沙發腳凳上。他心慌意亂。他的愛犬「奔哥」已經失蹤兩天了，對他而言，這世界上只有奔哥的存在是重要的。這條黃金獵犬有時會消失一兩個小時，但絕對不會更久。無庸置疑，牠一定出事了。若不是出了意外，就是受了傷，不然就是遭人誘拐。

昨晚，納森致電給他的紐約經紀人賈斯伯・范威克，向他求助，問他有沒有建議。賈斯伯是他和世界的主要聯繫管道，也是最接近朋友關係的人。賈斯伯提議幫他打電話給柏夢島上的所有店家，還請他工作團隊的成員做了一張尋狗啟事，用電子郵件寄給島上所有店家。宣告找到奔哥的人，可獲賞金一千歐元。現在他所能做的，就只有等待，並衷心祈禱一切順利。

納森看著腳踝上的石膏嘆氣。現在還不到上午十一點，他卻已經想來杯威士忌了。他已經關在家裡二十天，都是那個叫做哈法葉・巴戴的小混帳害的。納森本來以為只是輕度扭傷，只要用冰袋冰敷、吞幾顆止痛藥就好了。然而，在這小鬼擅闖他家的隔天，他醒來時，就知道事情沒這麼簡單。他的腳踝不只沒有消腫，而且他每走一步，都不禁痛得慘叫。

他只好打電話給柏夢島唯一一名醫生：尚—路易．西卡。西卡醫生是個特立獨行的人，三十年來都騎著一台老舊的電動腳踏車在島上四處穿梭。醫生的診斷結果並不樂觀。腳踝韌帶斷了，關節囊外膜撕裂，還有一條腳腱也傷得很慘。

西卡醫生規定納森在家休息，不得外出。尤其是醫生在他腳上打了石膏，長度幾乎到膝蓋，這石膏搞得他超級抓狂，到現在已經三週了。

他拄著拐杖，像關在籠裡的獅子一樣原地打轉，還得吃抗凝血藥物來預防血栓。幸好，再過不到二十四小時，他就能解脫了。很少碰電話的他，今天早上一大早就衝去打電話給年邁的西卡醫生，確認醫生沒忘記他們明天的約診。他甚至嘗試請醫生今天就過來，但沒有成功。

2

牆上的電話響了，將納森從深深的睡眠中喚醒。納森沒有手機，沒有電子郵件信箱，也沒有電腦。他只有一台酚醛塑膠製的舊式電話，安裝在客廳和廚房之間的木頭柱子上。這台電話對他而言只有一個功能，就是用來撥給別人。他自己從不接聽電話，全都交給樓上的答錄機去應付。但今天，愛犬的失蹤讓他破例改變這項習慣。他站起來，撐著拐杖，跛腳走到電話機前。

電話是賈斯伯・范威克打來的。

「納森，我有個很棒的消息：奔哥找到了！」

納森大大鬆了一口氣。

「牠還好嗎？」

「牠很好。」經紀人向他保證。

「是在哪裡找到的？」

「有一名年輕女子在聖蘇菲半島那邊的路上看到牠，就把牠載到艾德超市。」

「你有叫艾德把奔哥送來我家嗎？」

「那名女子堅持要自己載去給你。」

納森覺得陷阱近在眼前。半島明明在柏萝島另一邊，和他居住的番紅花岬角是反方向。這女人會不會是為了接近他才誘拐奔哥？一九八〇年代初，沙林傑就中過一名記者的圈套，這記者名叫貝蒂·艾普斯，她向沙林傑說謊隱瞞自己的記者身分，將他們之間稀鬆平常的對話轉化為一篇訪談，提供給一些美國報紙。

「這女的究竟是誰？」

「瑪蒂德·墨妮。應該是瑞士人吧，她來島上度假，住在修女院附近的民宿。她是日內瓦《時代報》的記者。」

納森嘆口氣。她就不能是個賣花的、開肉鋪的，不能是護士或開飛機的機長……她就非得是一名**記者**。

「算了，賈斯伯。我覺得不太對勁。」

他握緊拳頭敲打木頭柱子，他需要奔哥，奔哥也需要他，但他現在沒辦法自己開車去帶牠回來。可是他也總不能因為這樣就掉進陷阱。《時代報》的**記者**……他還記得，從前在紐約，這份報紙有個特派記者曾經採訪過他，這傢伙表現得一副很瞭解你的樣子，卻完全不懂你的小說。或許像這樣的記者才是最糟糕的，他們對你的書讚譽有加，但其實什麼也沒讀懂。

「或許她是記者這件事，只是單純的巧合。」賈斯伯說。

「巧合?你是在開我玩笑，還是你真的這麼笨?」

「納森，聽我說，你不要這麼傷腦筋。你就答應讓她來『南十字星』一趟，送你的狗回家，然後你就馬上趕她出去。」

納森一手拿著話筒，另一手揉著眼皮，再給自己多幾秒鐘時間思考。裹在石膏裡的腳踝使他覺得自己很脆弱，覺得被迫忍受一種自己無法控制的情況，他痛恨這種感覺。

但他還是讓步了：「好吧，你打給她，打給這個瑪蒂德．墨妮，叫她今天下午一兩點左右過來，告訴她進屋的方法。」

3

中午。經過二十分鐘的討論之後，我成功賣出一本漫畫：谷口治郎的傑作《遙遠的小鎮》。我不禁微笑。不到一個月的時間，我就成功改變了這間書店。這不是什麼大轉變，而是一連串意味深長的改變：空間變得較為明亮通風，服務態度變得笑臉迎人，不再像之前那麼粗魯。我甚至還從奧狄伯那邊搶來訂貨權，訂了幾本與其說是令人深思，不如該說讓人消憂解愁的書。這些小小的徵候都顯示同一件事：文化**也**可以是娛樂。

我應該感謝奧狄伯給我自由發揮的空間。他不常出現在店裡，而且完全不管我在做什麼，他如果偶然走出二樓公寓，只會是為了去廣場上喝一杯。認真研究書店收支之後，我發現他把書店的財務狀況說得太負面了。書店的狀況一點都不糟糕。奧狄伯自己就是屋主，而且他和柏夢島上的幾間商家一樣，由島嶼所有人——葛里納利股份有限公司慷慨地出資補助。只要多一點意願，再投入一些積極活力，就可能使書店重拾光彩，甚至讓作家再度造訪此地，至少我是這樣幻想的。

「哈法葉？」

廣場麵包店的老闆彼得．麥克法蘭進書店晃了一下，他是個很好相處的蘇格蘭人，二十五年前為了這座島嶼而離開另一座島嶼。他店裡的尼斯洋蔥塔和格拉斯橙花香料麵包是出了名的好吃。他的麵包店叫做「不來的彼特」，取這名字是為了遵循本地的一項習俗：每間店的店名都是文字遊戲。雖然這習俗有點荒謬，而且和柏夢島的優雅格調相去千百萬里，但當地人似乎很重視它，只有少數像艾德這種掃興傢伙拒絕加入這場遊戲。

「要不要來喝杯餐前酒？」彼得提議道。

每天都有人邀我一起喝餐前酒，像儀式一樣。正午時分，大家都坐在廣場的露天座上喝茴香酒，或品嚐一杯柏夢島引以為傲的特產白酒「松柏之壤」。我本來覺得這很不正經，但很快我就被吸引住了。島上的每個人都彼此認識。不管走到哪裡，你總會遇到熟識的臉孔，彼此聊上幾句。這裡的人會花時間好好過生活、好好地交談。我從小就生活在既陰沉又不友善，而且充滿污染的大巴黎地區，島上這種習性對我來說確實是新鮮事。

我和彼得在「惡之划」[1]酒館的露天座坐下，以心不在焉的神情仔細觀察四周的臉孔，搜尋一名年輕的金髮女子。她是我昨天在書店遇見的客人，名叫瑪蒂德·墨妮。她來柏夢島度假，在修女院附近的房子裡租了一間房間。她向我買了納森·弗勒斯的三本小說，雖然她說三本她都讀過了。她是個聰明、風趣、光彩奪目的女子。我們聊了二十分鐘，之後我始終無法忘懷，腦子裡總想著要再見到她。

最近幾週的唯一缺點，是我極少動筆。關於納森·弗勒斯之謎的寫作計畫，我命名

---

1 譯注：原文之文字遊戲是將「惡之華」（Les Fleurs du mal）加上一個字母成為「麥之華（麥之花）」（Les Fleurs du Malt）。

為《作家的祕密生活》，但內容毫無進展。我缺乏素材，無法掌握我的主題。我寄了幾封電子郵件給弗勒斯的經紀人賈斯伯・范威克，他當然沒有回我。我也問過島上的人，但誰都無法給我新的線索。

「太瘋狂了！這是怎麼回事？」奧狄伯過來加入我們，手上拿著一杯粉紅酒問道。

奧狄伯看起來很不安。有個瘋狂的謠言從十分鐘前開始在廣場上流傳，越來越多人開始談論這件事。據說，兩名荷蘭健行客在特莉絲坦娜海灘發現一具屍體。特莉絲坦娜海灘是島嶼南岸唯一的海灘，很漂亮，但很危險。一九九〇年，兩名青少年在懸崖附近嬉戲時就在該地喪命，這起意外讓島上居民非常震撼。我看著一群又一群談論得正起勁的人們，發現他們後方的安傑・阿戈斯蒂尼正在離開廣場。他是島上幾名警察的其中一人。我下意識跟隨他走進小巷，他的三輪貨車停在港口附近，我在他走向車子時叫住他。

「您要去特莉絲坦娜海灘，對吧？我可以一起去嗎？」

阿戈斯蒂尼轉過身來，有點驚訝我跟在他身後。他是個禿子，身材高大，來自科西嘉島。他人很不錯，嗜讀警匪小說，是科恩兄弟的粉絲。我向他介紹了我最愛的幾本西默農作品：《自殺》、《看火車的男人》、《藍色房間》。

「你想來的話，就上車吧。」他聳聳肩膀回答我。

他的比雅久三輪貨車在環島公路上緩慢爬行，時速介於三十至四十公里之間。阿戈斯蒂尼看來很憂心，他的手機收到的訊息讓人心驚——這起事件可能不是意外，而是謀殺。

「我無法想像，」他嘀咕著，「柏夢島不可能發生謀殺案。」

我懂他的意思。柏夢島沒有真正的犯罪事件。島上幾乎沒有攻擊事件，竊案也很少。島上的人很有安全感，連家門鑰匙都插在門口，採買時甚至把嬰兒和推車一起留在商店外面。島上只有四、五名警察，他們的主要工作是和居民聊天，在路上繞來繞去，如果看見故障的警報器，就通報一下。

4

道路崎嶇，沿著坎坷不平的海岸蜿蜒，阿戈斯蒂尼花了超過二十分鐘才開到特莉絲坦娜海灘。在道路轉彎的地方，有時可以瞥見偌大的白色宅邸藏身在大片松林後方，若隱若現。

景色突然驟變，成為一片光禿禿的平地，道路下方是黑色的砂礫海灘。柏夢島這個角落不再是波克羅勒島的風情，而比較像冰島。

「這是搞什麼鬼？」

比雅久三輪貨車筆直朝下坡行駛，時速終於逼近四十五公里時，安傑．阿戈斯蒂尼突然猛踩煞車，指向前方，十幾台車輛堵住了道路。駛近之後，比較能看清楚現場狀況。這一區完全被來自法國本土的警察封鎖了。阿戈斯蒂尼將車停在路旁的人行道上，在圍著塑膠封條的封鎖區域周圍大步走來走去。這些警察顯然是土倫市的司法警察，除此之外還有一台科技警察的警車。我實在搞不懂，他們人這麼多，怎麼有辦法這麼快就來到這個封閉的海角？他們那三台警車是從哪裡冒出來的？港口那邊怎麼會沒人看到他們上岸？

我混進看熱鬧的人群當中，傾聽四周的對話，一點一滴重建今早這起事件的經過梗概。早上八點左右，一對野營的荷蘭學生情侶發現了一具女屍。他們立刻通報土倫市的警署，而土倫的警察獲准使用海關的氣墊登陸艇，將警艦和三台警車送至島上。這些警察力求低調，直接在距離這裡十幾公里的薩拉托加平台上岸。

我走到稍遠處找阿戈斯蒂尼，他站在路邊一座小土丘上，看來似乎很震驚，也因為自己無法進入犯罪現場，而有一點受辱的感覺。

「被害者的身分知道了嗎？」我問他。

「還沒，但應該不是島上的人。」

「為什麼條子這麼快就來了，而且來這麼多人？為什麼他們誰都沒通知？」

阿戈斯蒂尼心不在焉地看著手機。

「原因有二：因為這起犯罪性質特殊，還有，因為那兩個年輕人上傳了一些照片。」

「那兩個荷蘭人拍了照片？」

阿戈斯蒂尼點頭。

「那些照片在推特上面流傳了幾分鐘，然後被刪掉了，但有螢幕截圖保存下來。」

「我可以看嗎？」

「說真的，我不建議你看，這畫面不適合書店店員。」

「誰說的！說不定我也早該在推特上看過這些照片了。」

「隨便你。」

他把手機遞給我，那上面的影像讓我作嘔。照片中是一具女屍，看不出歲數，臉部似乎因傷勢嚴重而面目全非。我試著吞嚥口水，但喉嚨被這恐怖畫面嚇得無法動作。她的屍身赤裸，看來似乎被釘在一棵尤加利樹的高大樹幹上。我用手指放大影像。把這女人固定在樹幹上的，並不是釘子，而是木工用的鑿刀，和鑿石頭的工具。有人用這些工具擊碎了她的骨頭、穿進她的肌肉。

5

瑪蒂德．墨妮開著皮卡車穿越森林，這片森林一路延伸至番紅花岬角。奔哥待在車後的開放式貨廂，看著風景高聲吠叫。天氣很好。從海上吹來的微風混合著尤加利樹和胡椒薄荷的香氣。秋日的金褐色陽光透過義大利石松和橡樹的綠色樹蔭篩落，闢出一條倒映著閃光的道路。

瑪蒂德來到板岩砌建的圍牆前面，下車，按照賈斯伯．范威克告訴她的步驟行動。離鋁製大門不遠處的牆上，有塊顏色比較深的石頭，石頭後面藏了一具對講機。瑪蒂德按下門鈴表明來意之後，對講機傳出一聲雜音，門開了。

她向前行駛，駛進一片廣大的野生園林，土徑在樹林中蜿蜒。巨杉、莓樹和月桂樹叢，使茂盛的植物更加蔥鬱。接著路轉了個彎，來到一片陡峭的斜坡，大海突然出現眼前，納森．弗勒斯的房子也同時現身：一棟以赭石、玻璃和水泥建造的幾何外型建築。

她停下車，旁邊是一台 Mini Moke 吉普車，應該是納森・弗勒斯的車。迷彩車身，木製方向盤，烤漆儀表板。她才剛將車停好，奔哥就立刻跳下車，衝向正在門前等牠的主人。

拄著拐杖的納森很開心能找回他的夥伴。瑪蒂德朝他們走過去，她原本想像自己將要面對一位山頂洞人，一位野蠻易怒、穿得破破爛爛、留著長髮、鬍子長度有二十公分的老人。然而，站在她面前的這名男子鬍子刮得很乾淨，他留著短髮，穿著麻布長褲和天藍色亞麻馬球衫，和他的藍色眼睛很搭。

「我是瑪蒂德・墨妮。」她自我介紹，同時向他伸出手。

「謝謝妳送奔哥回來。」

她搔搔奔哥的頭。

「看見你們重逢，真讓人開心。」

瑪蒂德指著納森的拐杖，和上了石膏的腳踝。

「但願這不嚴重。」

納森搖搖頭。

「等到明天，就只是不開心的往事了。」

她猶豫一下，然後說：

「你不記得了，但我們曾經見過面。」

他懷疑地倒退一步。

「我不覺得我們見過。」

「我們見過，那是很久以前的事了。」

「在什麼場合？」

「我讓你自己猜。」

6

納森心裡很清楚，他以後一定會想：就是這一刻，他應該在此刻喊停。他應該僅只說聲「謝謝，再見」，然後撤退回到屋裡，他明明是這樣和賈斯伯．范威克說好的，但他卻沒這樣做。他沒有開口說話，而是非常克制地站在門口，幾乎被瑪蒂德．墨妮吸引住了。她穿著一件針織花布短洋裝、皮革騎士外套，腳下踩著一雙高跟涼鞋，細細的皮繩，環扣落在腳踝上。

他並不打算在此重演一遍《情感教育》的第一幕——「宛若天仙顯靈」，然而，好一段時間之內，他放任自己陶醉於這不知如何解釋的感受當中，被這名年輕女子渾身散發的感性、活力與陽光氣息醺得飄飄然。

但這股微醺的感覺在他控制之下，是經過他允許的一種溫柔的醉意，一小口烈酒般的金髮，像麥田一樣的溫暖光輝。他毫不懷疑，一切情勢都在他掌握之中，等他覺得這場魅惑已經夠了，他一個彈指，就能結束一切。

「海報公告的獎賞是一千歐元，但我想我只要一杯冰茶就可以了。」瑪蒂德微笑著說。

納森試著避開瑪蒂德的綠色眼眸，他軟弱地解釋自己最近行動不便，已經很久沒去採買，食物櫃都空了。

「一杯水也可以，」她堅持道，「天氣很熱。」

一般來說，他看人的直覺很準，他對人的第一印象經常是對的。但現在，他卻有點不知所措，心中縈繞著各種矛盾的感受。他腦中有個警報正在作響，要他提防瑪蒂德。但他如何能夠抵擋她身上那股彷若某種允諾的、難以捉摸又令人迷惑的氣息？四下擴散的光暈，和十月的陽光一樣柔和。

「進來吧。」他讓步了。

7

一望無際的藍。

室內光線明亮，讓瑪蒂德相當驚訝。玄關後面就是客廳，再過去是飯廳和廚房，三個空間都裝設大片玻璃窗，窗外就是海洋，像一艘正在海浪上面航行的船。納森去廚房倒水時，瑪蒂德沉迷在這個場所的魔力當中。她在這裡覺得很自在，覺得海濤洶湧的聲音像搖籃一樣撫慰了她。開出大片窗景的牆面消弭了室內和陽台之間的界線，使人微微失去方向感，甚至搞不清楚自己身在室內還是室外。客廳中央是個引人注目的懸掛式壁爐，一道抛光水泥打造的懸空樓梯通往樓上。

瑪蒂德原本想像這地方應該是個陰暗的巢穴，但她錯了。納森來柏夢島並不是要封閉自我，而是來和蒼穹、和海洋、和風單獨相處。

「我可以去陽台看看嗎？」納森將水遞給她時，她問。

納森沒回答，他只是陪她走上板岩搭建的高台，走在上面，彷彿走向空無。靠近高台邊緣時，瑪蒂德覺得暈眩。從這個高度看出去，她才比較了解這棟房子的建築構造。這棟房子倚靠懸崖而建，共有三層樓，她現在站在中層的陽台上。這些水泥高台是以懸臂結構建造，每一塊都輪流扮演地板和屋頂的角色。瑪蒂德探頭向下看，下方有道石梯通往樓下陽台，前面是一座浮橋，可以直接走到海上。浮橋同時也是一艘貴氣的 Riva Aquarama 快艇停泊處，這艘豪華快艇的鉻黃色木製烤漆船身在陽光下閃閃發光。

「這裡真的像是身在一艘船的甲板上一樣。」

「是啊，」納森澆她冷水，「一艘哪裡都去不了、永遠停在碼頭的船。」

他們花了幾分鐘聊一些無關緊要的事，接著納森陪她回到屋內，瑪蒂德像逛博物館一樣在屋內四處走動，她走近一個架子，架上放了一台打字機。

「我以為你已經不再寫作了。」她用下巴指著打字機問。

納森輕撫打字機的弧線，這台漂亮的機器是奧利維蒂公司出產的酚醛塑膠杏仁綠款式。

「這只是裝飾品而已，而且它連色帶都沒了，」他壓壓按鍵說，「況且妳知道吧，在我那個年代就已經有筆記型電腦了。」

「所以你的作品不是用這台機器……」

「不是。」

她直視他的雙眼。

「我很肯定你還在寫作。」

「妳搞錯了。我不寫了，一行都不寫，連看書都不寫註記，連最微不足道的購物清單都不寫。」

「我不相信。寫作原本是你每天最重要的行程，不可能一夕之間就全部喊停，而且……」

納森厭煩地打斷她：

「剛才，我還一度以為妳和別人不一樣，以為妳不會提起這個話題。看來我錯了。妳是來調查的，對吧？妳是記者，妳來這裡只是為了孵出一篇關於『納森．弗勒斯之謎』的無聊文章？」

「不是的，我向你保證不是這樣。」

他指著大門。

「妳走吧，現在就走。我不能阻止人們幻想，但『弗勒斯之謎』的謎底，就是謎題根本不存在，妳懂嗎？這一點妳可以寫進報導裡。」

瑪蒂德文風不動。自從她上次見到他至今，納森・弗勒斯並沒有太大改變。他就和她記憶中的他一樣，很認真，並非難以接近，但非常直率。她發現自己並未真的想過這個可能性：弗勒斯**依舊**是弗勒斯。

「你就偷偷告訴我吧，你不懷念寫作嗎？」

「每天在螢幕前呆坐十個小時？不，我不懷念。我寧願將時間拿來散步、遛狗，在森林或海灘上度過。」

「我還是不相信。」

納森搖著頭嘆氣。

「別再多愁善感了，不過是幾本書而已。」

「『不過是』幾本書？你竟然講這種話？」

「沒錯，而且，我可以偷偷告訴妳——我的書被過度高估了。」

瑪蒂德繼續問：

「那現在，你每天都做些什麼事？」

「我冥想、喝酒、做菜、喝酒、游泳、喝酒、去散長長的步、喝……」

「你閱讀嗎？」

「偶爾讀點警匪小說，或繪畫史、天文史之類的書。我也會重讀幾本經典，但這些都無關緊要。」

「為什麼？」

「地球已經變成一個大火爐，世界上大半地區都在燃燒、都在流血，人們把選票投給發狂的神經病、用社群網站把自己的腦袋搞得糊里糊塗。到處都在崩壞，所以……」

「我看不出這有什麼關連。」

「所以我想，和『納森・弗勒斯為何在二十年前停止寫作』相較之下，這世界還有更重要的事。」

「讀者還是繼續讀你的書。」

「隨便他們，這我沒辦法阻止。而且，妳也很清楚，成功是建立在誤解之上的。這是莒哈絲說的吧？不然就是馬爾羅說的，大概吧。只要賣出三千本以上，就是一場誤會……」

「讀者會寫信給你嗎？」

「似乎會。我的經紀人說他收到很多寄給我的信。」

「你會讀嗎？」

「妳在開玩笑吧？」

「為什麼？」

「因為我當然沒興趣。如果我是讀者，我絕對不會想要寫信給我喜歡的書的作者。說真的，妳能夠想像自己因為喜歡《芬尼根守靈》而寫信給詹姆斯．喬伊斯嗎？」

「不能，首先因為這本書我從來無法讀超過十頁，其次是因為喬伊斯在我出生前四十年就已經死了。」

納森搖頭。

「聽我說，我很感謝妳把我的狗送回來，但妳現在該走了。」

「是的，我也這樣想。」

他和她走出屋子，陪她走到車子那邊。她向奔哥道別，但什麼也沒對納森說。他看她將車子開出來，著迷於她姿態中的某種優雅，但同時又因擺脫她而心滿意足。然而，在她即將加速離去時，他卻趁她開著車窗，問了她一個問題，試圖將腦中依舊迴響著的微弱警報聲關掉：

「妳剛才說我們很久以前見過面，是在哪裡？」

她的綠色眼眸深深注視他的雙眼。

「一九九八年春天在巴黎。我當時十四歲。你來青少年之家和病患見面，還為我簽了一本英文初版的《羅蕾萊．奇異》。」

納森沒有反應，似乎完全不記得這件事，不然就是那記憶太過遙遠。

「我讀了《羅蕾萊．奇異》，」瑪蒂德繼續說，「這本書幫了我很多。我從不覺得這本書被高估。我也絲毫不認為，我在這本書中理解到的東西是什麼誤會。」

公告

二〇一八年十月八日，土倫

海洋保安巡防部
警政公告第二八七號／二〇一八
瓦爾省柏夢島之來往船舶與島嶼周邊暫時禁止通航暨停止海上活動
地中海海軍軍區司令
海軍中將艾杜瓦·勒菲畢

根據《刑法》第一三一—一三—一號暨R六一〇—五號條文、

根據《運輸法》第L五二四二一一號暨L五二四二一二號條文與相關條文、

根據二〇〇七年八月二日修改之法令第二〇〇七一一一六七號，機動遊艇船舶之駕駛執照與駕駛訓練課程之相關條文、

根據二〇〇四年二月六日之法令第二〇〇四一一一二號，海洋保安巡防組織之相關條文。

鑑於柏夢島之特莉絲坦娜海灘一地發現屍體而展開之犯罪調查、

鑑於軍警單位於島上進行調查時，應給予必要之所需時間、

鑑於所有可作爲證據的元素均應保留，讓眞相得以查明。

決議

第一條：自本決議公布起始，瓦爾省外海之柏夢島周圍五百公尺與河濱均禁止航行，並禁止所有海上活動，包括從島上出發與航向該島之人員運輸行爲。

第二條：進行公共服務任務之船舶與海上設備，對本決議之措施亦不可違犯。

第三條：所有違犯本決議的行爲，包括企圖違犯而未實際執行之決定，違犯者都將面對法律追溯，依照《運輸法》之L五二四二一一號暨L五二四二一六一一號條文，與《刑法》第R六一〇一五號條文，進行懲處與行政制裁。

第四條：瓦爾省轄區與海域之縣市負責人、各軍官與海上警察勤務相關人員，均奉命各依職責執行本決議。本決議將公布於地中海海軍軍區之行政命令集。

地中海海軍軍區司令

艾杜瓦．勒菲畢

04

採訪作家

（一）採訪者問你一些對他而言很有意思，但對你毫無意義的問題。
（二）在你給的答覆當中，他只採用他想用的部分。
（三）他用他的字彙、用他的思考方式，來表達你的回答。

——米蘭・昆德拉

二〇一八年十月九日，星期二

自從來到柏夢島，我便養成在日出時起床的習慣，每天早上快速洗個澡之後，就會去村莊廣場的露天座找奧狄伯，他若不是在「太多咖啡」吃早餐，就是在「惡之划」酒館吃早餐。他的個性陰晴不定，有時很封閉、沉默寡言，有時卻又滔滔不絕地聊個不停。但我想他應該還滿喜歡我的，至少他每天早上都邀我和他同桌而坐，請我喝茶、吃土司配無花果果醬。佛蘭西絲修女的果醬（比有機還有機，而且還是用小鍋熬煮，噱頭一大堆）是島上最珍貴的名產之一，賣給觀光客的價格簡直貴得像魚子醬。

「早安，奧狄伯先生。」

他從報紙中抬起雙眼，憂心地咕噥抱怨。打從昨天開始，島民便陷入焦躁的騷動之中。一具女屍被釘上全島最老的尤加利樹，這駭人發現讓所有人都震驚不已。事發後我才知道這棵樹的綽號是「不死之樹」，隨著韶光流逝，這棵樹漸漸成為島嶼的團結象徵。兇手如此布局絕非偶然。被害者的死法使所有人驚駭萬分，但讓居民更加困擾的，是海軍司令決定封鎖柏夢島以便調查。接駁船被扣留在聖朱利安玫瑰港，海岸警衛奉命四處巡邏，攔截所有試圖渡海的私人船舶，去程或回程都一樣。具體來說，沒人能夠離開柏夢島，也沒有人能夠前來島上。法國本土強制執行的這項措施，激怒了島上所有居民，他們失去了共同命運的掌控權，而他們無法接受這件事。

「這起犯罪，對柏夢島是非常糟糕的一擊。」奧狄伯闔上他的《瓦爾早報》，震怒地說。

那是最後一班渡輪運來的昨天的報紙，之後就禁航了。我坐下，瞄了頭版一眼，大大的頭條寫著「黑島」，偷偷向《丁丁歷險記》致敬。

「等看看調查會有什麼結果吧。」

「還會有什麼結果？」奧狄伯嚷著，「有個女的被凌遲至死，然後被釘上不死之樹。意思是島上有個瘋子正在自由走動！」

我皺起臉，心裡很清楚奧狄伯說得沒錯。我吞下果醬土司，一面讀報上那篇文章，沒得到什麼收穫。我拿出手機，搜尋最新的消息。

昨天我已注意到一個名叫羅宏・拉孚西的人的推特帳號，他是大巴黎地區的記者，現在人在柏夢島上，他是來島上拜訪他母親的。這傢伙的記者事業不算很成功，他為《新觀察家》和《瑪麗安娜》雜誌的網站寫過幾篇文章，之後任職於一個廣播電台集團，擔任社群經營經理。看看他推特帳號的歷史紀錄，完美展示數位時代的偽新聞產業最糟糕的一面：下流猥褻的主題、誘餌式標題、製造衝突對立、趕盡殺絕、廉價的笑話。所有使人焦慮的影片他都一律轉推，所有會讓人降低智商的情報、所有能夠滿足人性最惡劣本質的小道消息、所有能使恐懼與妄想繼續升溫的揣測，他都一律轉推。他是假新聞的優異推廣者，煽動所有近似陰謀論的假設，但總是躲在螢幕後面。

由於禁航令的關係，拉孚西如今成了島上唯一一名「記者」。從幾小時前開始，他加緊把握他的優勢，接受法國電視二台的新聞連線報導，所有新聞台都看得見他的照片。

「這個小混帳！」

拉孚西的帳號出現在我的手機螢幕上時，奧狄伯開始罵髒話。昨天，拉孚西竟在晚間八點新聞中，影射柏夢島的居民全都在他們那「奢華宅邸的高牆」後面藏著可恥的祕密，同時還暗示此地居民絕不會觸犯沉默法則，因為島主葛里納利家族是名符其實的黑道，像《教父》的柯里昂家族一樣用金錢和恐懼來統治柏夢島。再這樣下去的話，羅宏・拉孚西不久就會變成柏夢島的眾矢之的。這座島嶼在如此淒慘的情況下成為媒體焦點，居民都覺得難受，他們多年來力求低調，那已深深嵌進他們的基因裡。而拉孚西還繼續火上加油，在推特上發表了一些似乎可靠的線索，應該是警察或法官放給他的消息。我反對這種作法，以新聞自由之名褻瀆調查機密。然而，我也敵不過自己的強烈好奇心，而暫時將憤慨擱置一旁。

拉孚西的最新一則推文是他的部落格文章的網址，不到半小時前發表的新文章。我點進網頁讀他的文章，文中總結歸納了調查的最新進展。根據這名記者得到的消息，被害人的身分依舊仍在查證當中。這篇文章最後以一個八卦作結，或許只是流言，但非常具爆炸性：死者被釘上那棵高大的尤加利樹時，她的屍首被冷凍過！因此，她的死亡時間或許有可能上溯至數週之前。

我將這行文字再讀一次，好確認自己確實懂了它的意思。奧狄伯起身站在我後方，隔著我的肩膀掃視那篇文章，再癱坐回椅子上。他非常消沉。

正在甦醒的柏夢島，已掉進另一個現實世界。

2

納森．弗勒斯睡醒時心情很好，他已經很久沒這樣了。他睡到很晚才起床，慢條斯理地吃早餐。接下來，他在陽台上待了一個多小時，邊抽菸邊聽葛倫．顧爾德的老黑膠。聽到第五首時，他幾乎是高聲自問：我怎麼會這麼歡欣雀躍？抗拒一陣子之後，他才承認，唯一能夠解釋他的好心情的，只有他腦中關於瑪蒂德．墨妮的記憶。空氣中漂浮著一點點她曾經存在此地的氣息。一道光、一種明亮的詩意、一抹香氛。那是某種轉瞬而逝的事物，無法掌握，很快就會蒸發。他心知肚明，但還是希望能細細品嚐，直到最後一點氣息消失。

上午十一點左右，他的心情開始變化。剛睡醒時的輕盈心情變了，他開始認清，自己或許永遠不會再見到瑪蒂德。他體悟到，無論他怎麼辯白，寂寞有時還是讓他難以忍受。而後，到了中午時分，他決定別再耍小孩子氣，別再像個青少年一樣小鹿亂撞。相反地，他很慶幸這個女的現在已經遠離。他不能露出破綻，他沒有這個權力。但他還是容許自己在心中重複播放他們相遇的片段。有件事讓他有點好奇。這件事乍看之下只是細節，但卻不然。他得確認一下。

他打給人在曼哈頓的賈斯伯．范威克，電話響了幾聲之後，這名文學經紀人接聽了，聲音非常疲憊。紐約現在才清晨六點，賈斯伯還在床上熟睡。納森首先請他搜尋瑪蒂德．墨妮最近幾年為《時代報》撰寫的文章。

「確切來說，你想找什麼？」

「我不曉得。所有你能弄到的、和我或多或少有關、或是和我的書有關的文章。」

「好，但這會花一點時間。還有別的事嗎？」

「我希望你能找到一九九八年在青少年之家擔任媒體中心館長的女士。」

「青少年之家，那是什麼？」

「一個附屬於科欽醫院的醫療機構，專為青少年設的。」

「你知道你那個圖書館長叫什麼名字嗎？」

「我不記得她的名字了。你可以現在就查嗎？」

「好，我如果找到什麼消息，就立刻打給你。」

納森掛上電話，進廚房煮咖啡。喝濃縮咖啡時，他試著回憶往事。青少年之家位在巴黎的皇家港地鐵站附近，照料的病患大多為厭食或暴食症、憂鬱症、上學恐懼症、焦慮症等病症所苦。有些是住院病患，有些只在白天來這裡接受治療。納森去過兩三次，為病患辦活動、辦座談、玩問答遊戲，並主持小規模的寫作工作坊。這些病患多數是女生，名字和臉孔他都不記得了，但記憶中的整體印象是很正面的。這些少女讀者很專注，討論的內容非常豐富，她們問的問題經常很精準。咖啡喝完時，電話響了。賈斯伯動作真快。

「多虧 LinkedIn，我很簡單就找到媒體中心館長，她名叫薩賓娜・伯諾瓦。」

「沒錯，現在我想起來了。」

「她在青少年之家工作到二〇一二年，之後加入全國圖書館城鄉推廣組織，離開巴黎去外省工作。根據網路上能找到的最新資料，她現在在多爾多涅省的特雷利薩克市。你要她的電話號碼嗎？」

納森抄下號碼，隨即打給薩賓娜·伯諾瓦。她接電話時非常驚訝，但很開心能聽見他的聲音。納森不太記得她的臉孔，但記得她大概是什麼樣子。她是個很有活力的棕髮女子，高個子，短頭髮，身上有股可以感染他人的熱忱。他們在巴黎書展結識，她提議請他來和病人聊聊寫作，他便接受邀約。

「我正在寫我的回憶錄，」他這樣開頭，「我需要一個……」

「回憶錄？納森，你真的以為我會相信嗎？」她笑著打斷他。

看來還是實話實說比較好。

「我在找青少年之家一名病人的相關資料。一個可能曾經來聽過我的座談會的少女，名字是瑪蒂德·墨妮。」

「這名字我一點印象都沒有。」薩賓娜想了一下之後，這樣回答，「但年紀越來越大，我記得的事也越來越少。」

「我們都差不多到了這個階段。我想知道瑪蒂德・墨妮住院的原因是什麼。」

「這類資訊，我已經沒有權限查閱了，而且就算……」

「拜託，薩賓娜，妳一定還有可以聯絡的人。拜託妳幫我這個忙，這很重要。」

「我試試看，但我什麼都不保證。」

納森掛上電話，去書房中東摸西摸。他花了好一陣子才找到一本《羅蕾萊・奇異》。這本是初版，一九九三年秋季上市的第一版。他用手掌擦拭封面上的灰塵。書封是他最愛的畫作《站在球上的雜技演員》，畢卡索玫瑰時期的極致之作。當年，這封面是納森自己拼拼湊湊剪貼這個封面交給出版社，而出版社一點都不相信這本書會賣，就隨便放任他這樣做。《羅蕾萊・奇異》第一刷只印了五千本。這本書既沒有媒體露出，書店老闆也沒有特別推銷，直到後來本書走紅之後，書店才開始跟著趕潮流。這本書靠的完全是讀者的熱烈口碑。最常見的，就是像當年的瑪蒂德・墨妮這樣的小鬼頭，她們在主角身上看到了自己的影子，而書的故事本身畢竟也很適合這樣解讀。本書描述的是住在精神病院的少女羅蕾萊，在一個週末的期間內遇到的人事物。這樣的布局只是藉口，真正的目的是為了描寫醫院中會出現的各式各樣不同人物。這本書漸漸登上暢銷排行榜，成為令人欣羡的文學話題。最初藐視這本書的那些人，紛紛趕搭這班列車。年輕人、老人、知識分子、老師、學生、讀很多書的人、不讀書的人，全都讀了這本書。每個人都開始針對《羅蕾萊．奇異》發表自己的意見，說一些這本書並沒有要說的事。所謂「天大的誤會」，指的就是這個。這潮流隨著歲月日益龐大，《羅蕾萊．奇異》變成了某種大眾文學經典。有人拿它當主題來寫博士論文，書店買得到這本書、機場也買得到，連超級市場的圖書販售區都買得到。有時這本書甚至被歸在書店的心靈成長類，讓作者本人非常惱火。於是該發生的事還是發生了：在停止寫作之前，納森就已開始痛恨這本小說，再也受不了聽見別人談論它，甚至覺得自己成為筆下書籍的俘虜。

大門的門鈴響了，於是他從記憶中回過神來。他將書放回架上，看看對講機監視系統的螢幕──是西卡醫生來拆除他腳上的石膏。納森差點忘了這件事！他要解脫了。

3

特莉絲坦娜海灘謀殺案。

書店的客人、遊客、路過廣場的居民，每個人嘴裡都只有這件事。打從中午過後，我就在書店裡看到許多人進來晃盪，他們當中很少人是真正來買書的，多數只是進店裡聊個幾句，有些是為了抹消他們的恐懼，有些則是為了滋養他們那病態的好奇心。

書店櫃檯上，我的蘋果筆記型電腦是開著的。店裡的網路速度滿快的，但連線常常中斷，每次都讓我必須上二樓重新啟動數據機。我的網路頁面是羅宏·拉孚西的推特時間軸，他剛更新他的部落格。

根據他的情報，警方已成功查明被害者的身分。這名女子三十八歲，名叫艾波琳·沙碧，是一名葡萄酒批發商人，住在波爾多的夏特龍區。目前有初步證詞指出，她曾於八月二十日出現在聖朱利安玫瑰港的碼頭上。當天有一些乘客在渡輪上看見她，但調查單位尚未釐清她來柏夢島做什麼。他們的假設之一是有人引艾波琳·沙碧來到島上，接著監禁她、殺害她，將屍體保存在冷房或冷凍庫裡。拉孚西的部落格文章最後以一個驚人的流言作結：將有一波大規模的搜索行動，對島上的每一間房子進行搜查，以求找到受害人被監禁的地點。

我看了一下奧狄伯貼在他的電腦螢幕後面的郵局年曆（插圖是卡加攝影的亞瑟·韓波肖像照），如果拉孚西的消息來源可靠的話，那艾波琳·沙碧早我三週來到島上。八月底，當時暴雨正襲擊地中海。

我機械性地將她的名字輸入搜尋引擎。

按幾下滑鼠，來到艾波琳・沙碧的公司網站頁面。這名年輕女子並不真的是拉孚西所謂的「葡萄酒批發商人」。她的確是在葡萄酒領域工作，但她的專長偏向貿易和行銷。她開了一間小公司，經營高級名酒的買賣，在國際市場上非常活躍，客戶主要是旅館和餐廳，此外也為一些富有的私人客戶承包建立他們的酒窖收藏。網站的「關於我們」頁面有公司老闆的履歷表，一一列舉她的學經歷。她生於巴黎，家族持有好幾間波爾多酒莊的股份。她擁有波爾多第四大學「葡萄酒與葡萄栽培法規」碩士文憑，以及由國立蒙彼利埃高等農學院頒發的國家釀酒師文憑。完成學業後，艾波琳赴倫敦與香港工作，接著成立自己的小型顧問公司。她的黑白照看來相當討人喜歡，如果你喜歡臉龐略帶憂鬱的高挑金髮女子的話。

她來柏夢島做什麼？是來工作的嗎？這個可能性很大。柏夢島的葡萄栽培歷史相當悠久。這裡和波克羅勒島一樣，最初只是為了能在發生火災時防止火勢蔓延而種植葡萄籐。如今，島上好幾家葡萄酒莊釀出來的普羅旺斯葡萄酒品質都很不錯。規模最大的酒莊屬於葛里納利家族，他們的酒非常出名，是柏夢島引以為傲的佳釀。二〇〇〇年代初，這個家族的科西嘉分支將一種罕見的葡萄種植在一片充滿粘土和石灰岩的土壤上，一開始大家都覺得他們瘋了，但他們年產兩萬瓶的白酒「松柏之壤」現在已聲名遠播，名列於全世界各大知名餐廳的酒單上。我來島上之後，有幾次機會品嚐這支美酒——辛辣的白酒，細膩而帶著果香，有花香和香柑的韻味。每一道釀造程序都遵循有機法規，並善加利用島上的溫和氣候。

我再度埋首於螢幕前方，再讀一次拉孚西的文章。生平第一次，我覺得自己像個調查員，置身在真正的警匪世界裡。每當經歷一些令人印象深刻的事時，我總想用寫小說的方式來讓它具體化，這次也一樣。在我的腦海中，令人不安的畫面和謎團已漸漸成形：一座因為禁航令而交通癱瘓的地中海小島、一名年輕女性被冷凍的屍體、一位已在家中隱居二十年的知名作家……

我在電腦上新增一個文字檔案，開始鍵入文章的第一段：

第一章

二〇一八年九月十一日，星期二

晴空閃耀，風將船帆吹得啪啪作響。

這艘帆船在下午一點多駛離瓦爾海岸，現在以每小時五海浬的速度筆直開向柏夢島。我坐在船長旁邊，陶醉於外海的空氣中，凝視著地中海面閃爍的金色光點，整個人都沉浸其中。

4

太陽在地平線後方閃耀，在天空劃下一道又一道橘色條紋。遛狗回來的納森，腳步一跛一跛，只因他自以為聰明，沒理會醫生的建議。西卡醫生一將他從石膏中解放出來，他就迫不及待帶著奔哥出門，既沒拄拐杖，也沒有準備其他保護措施，而現在他正在付出慘痛的代價。他上氣不接下氣，腳踝硬得像木頭一樣，所有肌肉都疼痛不堪。

一到客廳，納森就倒進沙發，面向大海，吞下一顆消炎藥。他閉上眼睛一陣子，試著將呼吸平穩下來，同時奔哥舔著他的手。他幾乎快要睡著時，門鈴的聲音讓他再度坐直身子。

納森倚著沙發扶手起身，跛著腳走到對講機監視器前。螢幕上出現了瑪蒂德・墨妮那張光彩奪目的臉。

納森楞住了。這女人來這裡做什麼？她這次造訪，在他心中敲響的既是一線希望，也是一道警鐘。瑪蒂德・墨妮回來找他，腦子裡一定打著什麼主意。該怎麼做？不回答嗎？這是遠離危機的短期解決之道，但無法幫助他辨明這危機的本質是什麼。

納森甚至沒朝對講機說話，就按下開門鍵。他的心情已平復下來，現在他已不再驚訝，他決心解決這件事。他有能力對抗瑪蒂德，他必須讓她打消主意，要她別想再來管他的閒事。他絕對會這樣做，但會維持紳士風度。

他和昨天一樣，走出屋外在門口等她。奔哥站在他腳邊，他倚著門框看她將皮卡車駛近，揚起像雲一樣的灰塵。她將車停在臺階前，拉上手煞車。她關上車門，在他面前站了一會。她在高領稜紋針織衫外面套了一件印著花朵的短袖洋裝，斜陽的最後幾道餘暉，為她的芥末黃高跟皮靴染上光澤。

納森從她看他的眼神中，確認了兩件事情：第一件事，是瑪蒂德．墨妮並非偶然來到柏夢島，她來這裡的唯一目的是要揭穿他的祕密；而第二件事，是瑪蒂德絲毫不曉得這祕密會是什麼。

「你的石膏已經拆了！可以過來幫我嗎？」她邊問邊開始將堆在車後的牛皮紙袋一個一個拿下來。

「這是什麼？」

「我幫你買了些食物。櫃子都空了，這是昨天你對我說的。」

納森文風不動。

「我不需要到府照護服務。我自己就可以去買菜了。」

他從自己站著的地方聞到瑪蒂德的香水味。澄澈的香氛，混合了薄荷、柑橘和剛洗滌過的衣服的味道，和森林的氣息融合在一起。

「噢！別以為這是免費服務。我只是想搞清楚一件事。喂，你到底是要不要幫我？」

「哪件事？」納森無力地抓起剩下的袋子問。

「白醬燉牛肉這件事。」

納森以為他聽錯了，但瑪蒂德接著說明：

「你最後一次接受訪談時，誇口說你煮的白醬燉牛肉美味非凡。太剛好了，我超愛吃這道菜！」

「妳看起來比較像是吃素的。」

「一點也不！所有食材我都已幫你買齊，現在你毫無藉口不邀我共進晚餐了。」

納森發現她不是開玩笑的。狀況發展得超乎他的預期，但他相信一切都在他掌控之中。他示意要瑪蒂德進屋。

她就像在自己家裡一樣，將一堆紙袋放在客廳桌上，把她的騎士外套掛在衣帽架上，開了一瓶可樂娜啤酒去陽台上愜意地啜飲，一面欣賞日落。

納森獨自待在廚房裡，將食物放進櫃子，裝出一副漫不經心的樣子，開始下廚。白醬燉牛肉這件事，完全是胡說八道。那是他為了回答記者的問題而順口胡謅的玩笑話。每當有人問他一些和私生活有關的問題時，他都履行・卡爾維諾的告誡：要不就不回答，要不就說謊。但他不會逃避。他將需要的食材揀選出來，將剩下的食材收起來，盡可能不用疼痛的那隻腳施力。他從櫃子裡找出一個鍋底上了釉的附蓋雙耳湯鍋，這鍋子他已經很久沒用了。在鍋裡熱橄欖油，拿出砧板，將小牛的後腿肉和牛腱切成小塊，搗碎蒜頭和香芹，和表面正開始微焦的肉混合在一起。加上一湯匙麵粉、一大杯白酒，用湯汁蓋滿所有材料。記憶中，現在得細火慢燉一小時以上。

他走出廚房去屋內看看。日落已經結束，瑪蒂德已進屋取暖。她在唱盤上放了一張雛鳥樂團的老黑膠，進書房去東張西望。納森在恆溫酒櫃中選了一支聖朱里安紅酒，慢慢將它倒進醒酒瓶，然後回客廳找瑪蒂德。

「你家滿涼的，」她說，「如果你要生個火，我是不會反對的。」

「悉聽尊便。」

納森走向放置柴火的金屬架，拿出一些小塊木頭和圓木，在客廳中央的懸掛式壁爐中生火。

瑪蒂德繼續在屋內閒逛，她微微打開柴火貯存處旁邊牆上的櫃子，發現他在裡面藏了一把步槍。

「所以這不是傳言：你真的對那些來煩你的人開槍？」

「嗯，妳可以慶幸自己逃過一劫。」

她專注地觀察那把槍。上過蠟的胡桃木槍托和槍柄，光滑的鋼製槍管。在槍身微藍的反光之間，在曲線飾紋當中，雕著一顆貌似路西法的頭，目露凶光看著她。

「這是惡魔嗎？」她問。

「不，這是『庫希多拉』，阿爾巴尼亞民間傳說的一種頭上有角的雌性惡龍。」

「真迷人。」

他輕碰她的肩膀，要她離柴火貯存架遠一點，將她帶至壁爐旁邊，倒了一杯酒給她。他們舉杯，在靜默中品味聖朱里安紅酒。

「一九八二年的葛蘿拉蘿斯堡，你還真給我面子。」她讚賞道。

她坐進一把位在沙發旁邊的皮革單人沙發，點燃一支香菸，和奔哥嬉戲。納森回廚房查看他的白醬燉牛肉，將蘑菇和去籽的橄欖混合進去。他煮了飯，在飯廳擺設餐具和兩個盤子。烹煮完畢後，他在菜餚中加進了混合檸檬汁與蛋黃的佐醬。

「開動了！」他端上菜餚宣布。

進飯廳和他吃飯之前，她在唱盤上放了一張新唱片：電影《老槍》的音樂。納森看著瑪蒂德，她正隨著法蘭柯西斯・狄羅貝克斯的音樂節奏用手指打拍子，奔哥繞著她轉圈圈。這場景很美。瑪蒂德很美。放任自己沉醉當下是很簡單的，但他知道這一切只是企圖擺佈對方的遊戲，他們兩人都認為自己正在操縱對方。納森知道這場遊戲的後果不容小覷。他冒了險，引狼入室。他隱藏了二十年的這個祕密，從來沒有人這麼靠近它過。

白醬燉牛肉很成功，至少他們都吃得津津有味。納森現在已經不像以前那樣健談，但多虧了瑪蒂德的幽默和精力充沛，這頓晚餐吃得很開心。瑪蒂德對凡事都自有一套理論。接下來這一刻，她的眼神中有什麼東西改變了。她的雙眼依舊閃爍著光芒，但少了之前的笑意，變得比較凝重。

「既然今天是你生日，我帶了個禮物給你。」

「我是六月生的，今天不能算是我的生日。」

「我有點提前，或是遲了，這沒什麼關係。你是小說家，你會喜歡這個禮物的。」

「我已經不是小說家了。」

「我以為，小說家就和共和國總統一樣，就算已經退任，頭銜還是會留著。」

「這倒不一定，不過，有何不可。」

她換個角度進攻。

「小說家是史上最傑出的大說謊家，對吧？」

「不對，政客才是。還有歷史學家。還有記者。小說家不是。」

「當然是！你們聲稱自己在小說中敘述人生，這就是個大謊言。人生太複雜了，不能關在書頁裡，不能解構為方程式。人生比數學或虛構的故事強多了。小說是虛構的──從技術上來說，虛構就是謊言。」

「恰恰相反！菲利普．羅斯有個很精準的說法：『小說賜與它的創造者一個謊言，小說家透過這個謊言來表達他的真實，不可言說的真實。』」

「對，但是……」

突然，納森受夠了。

「這個問題，我們是不會在今晚做出結論的。我的禮物是什麼？」

「我以為你不想要。」

「妳真是個要命的討厭鬼！」

「我的禮物，是一個故事。」

「什麼故事？」

瑪蒂德手裡拿著酒杯，從餐桌前起身，再度坐進單人沙發。

「我要對你說一個故事。當我把情節都講完時，你只有一件事能做，就是坐在打字機前，重新開始寫作。」

納森搖頭。

「做夢都不可能。」

「要打賭嗎？」

「什麼都不賭。」

「你害怕嗎？」

「總之不怕妳。沒有什麼理由能讓我重新開始寫作，我也不認為妳的故事能改變什麼。」

「因為這故事和你有關。還有，因為這個故事需要一個結尾。」

「我不確定我想聽這個故事。」

「我還是會說給你聽。」

她坐在單人沙發中，沒有起身，只是逕自拿酒杯朝向納森那邊一伸。他端起聖朱里安紅酒，起身為瑪蒂德添酒，再癱坐回沙發上。他知道，正事現在才要開始，先前的一切只是廢話，只是前奏，為他們真正的對峙做準備。

「故事開始於二〇〇〇年一月初的大洋洲，」瑪蒂德開始說，「一對來自大巴黎地區的年輕情侶——艾波琳・沙碧和卡辛・阿姆罕尼，在飛行了十五個小時之後抵達夏威夷，開始了他們為期一週的假期。」

05

傳遞故事的女子

心中懷抱一個尚未述說的故事，沒有比這更令人焦慮的事。

——柔拉・涅爾・賀絲頓

二〇〇〇年

故事開始於二〇〇〇年一月初的大洋洲。

一對來自大巴黎地區的年輕情侶——艾波琳・沙碧和卡辛・阿姆罕尼，在飛行了十五個小時之後抵達夏威夷，開始了他們為期一週的假期。他們才剛抵達，就把旅館房間迷你吧台裡所有的酒喝光，然後陷入深深的睡眠中。接下來的兩天，他們充分享受了茂宜島這個火山島嶼的迷人風光，在原始的自然風景中健行，欣賞各種小瀑布和大片花海，同時抽著大麻。他們在細沙海灘上面恩愛，並租了一艘私人船舶，去拉海納小鎮的外海賞鯨。到了第三天，當他們進行海底潛水初體驗課程時，他們的相機掉進了海底。

伴隨他們的兩名潛水高手試圖找回相機，但沒有成功。艾波琳和卡辛只能接受現實：他們把度假的照片弄丟了。當天晚上，在海灘上的許多酒吧其中一間喝了十幾杯調酒之後，他們就忘了這件事。

二〇一五年

然而，人生的不可預料卻等在後面。

許多年後，在九千公里外的地方，一名美國商業人士愛蓮娜．法萊格在台灣南部墾丁地區的白沙灣海灘慢跑時，看見有個東西卡在礁石上。

這時是二〇一五年的春天。時間是早上七點。法萊格女士工作的企業經營國際連鎖旅店，她出差至亞洲，到各國參訪公司旗下的幾間旅館。旅程的最後一天早上，搭機回紐約之前，她去「白沙」慢跑。這裡是當地的蔚藍海岸，四周山巒環抱，海灘的細沙是金黃色的，海水非常清澈，還有一些從海裡露出來的礁岩。法萊格女士就是在礁岩上發現這個神祕的物體。她跑到礁岩那邊，攀爬兩塊岩石，彎腰把它清出來，帶走。那是個防水袋，裡面裝著一台佳能 PowerShot 相機。

這時她還不知道（其實她永遠不會知道），那對年輕法國情侶的相機在海上漂流了十五年。它隨著洋流漂浮，在沿途障礙物推波助瀾之下，漂了將近一萬公里遠。這名美國女子好奇地將相機帶回旅館，放進一個布袋，收進手提行李。幾小時後，她在台北的機場搭上十二點三十五分起飛的達美航空公司班機，中途停靠舊金山，抵達紐約甘迺迪國際機場時已是晚上十一點〇八分，班機誤點了超過三小時。愛蓮娜．法萊格十分焦躁，一心只想趕快回家。她把好幾樣東西忘在座位前面的置物空間裡，其中包括那台相機。

★

負責清掃飛機的工作人員將布袋放在甘迺迪機場的失物招領中心。三週後，該單位一名職員在布袋中發現法萊格女士的機票。查證資料之後，他打電話留言給法萊格女士，也寄了一封電子郵件，但她從未回覆。

根據標準程序，失物招領中心會保管這台相機九十天。超過這期限之後，它便和其他幾千件失物一起被賣給阿拉巴馬州的一間企業。該企業向美國的不同航空公司收購無人認領的遺失行李，已經幾十年了。

★

於是，二〇一五年的初秋，這台相機被放上「無人認領行李中心」的貨架。這是個非常特別的場所，一切起緣於一九七〇年代一座名叫斯科茨伯勒的小鎮，該鎮位於亞特蘭大市北方的傑克遜縣，距離亞特蘭大市約兩百公里。當地一間規模不大的家族企業想到這個主意，和航空公司簽約轉售那些找不到主人的遺失行李。這筆生意非常興隆，經年累月之下，小公司成了名符其實的大企業。

二〇一五年的「無人認領行李中心」倉庫面積將近四千平方公尺，每天都有超過七千樣新物件被用聯結車從美國各個不同機場運來這個荒郊野外的偏僻小鎮。好奇人士從美國各地湧來，甚至有人從國外來此造訪，如今每年都有一百萬人前來參觀這個既是特價賣場、也是獵奇博物館的地方。四層樓的店面堆滿了衣物、電腦、平板電腦、耳機、樂器、手錶。店裡甚至開了一間小小的博物館，裡面展示這些年來收集到的最稀奇古怪的物件：十八世紀的義大利小提琴、埃及的葬儀專用面具、五點八克拉的鑽石、還有裡面裝著死者骨灰的骨灰罈……

我們的佳能 PowerShot 相機就這樣來到這間奇怪商店的貨架上，從二〇一五年九月至二〇一七年十二月期間，它就這樣包在布袋裡，和其他相機一起堆在架上。

二〇一七年

這年的聖誕假期，四十四歲的史考提．麥龍帶著十一歲的女兒比莉，在「無人認領行李中心」的商品展示架之間閒逛。他們是斯科茨伯勒的當地居民。史考提的經濟狀況並不寬裕，而這間店的售價有時竟比新品低八成價格。他在通往崗特斯維爾湖的路上經營一間修車廠，不只修車，也兼修船。

自從他太太離家出走之後，他盡最大努力好好撫養女兒。茱莉亞在三年前的冬季棄他們而去，那天晚上他回到家時，只看見廚房桌上一張紙條冷冷地宣布這消息。他當然很受傷，而且到現在還是非常痛苦，但妻子離去這件事並未讓他太過驚訝。說實在的，他一直都知道妻子有天一定會離他而去。這是命運之書某一頁已經寫定的事：太過美麗的玫瑰，總想著她會枯萎，而這恐懼縈繞在她們心頭，有時會使她們犯下不可彌補的錯。

「爸爸，我想要一盒顏料當聖誕禮物，拜託。」比莉央求他。

史考提點頭，表示答應。他們上到四樓，四樓是書區，也有和文具相關的所有物品。東翻西翻將近二十分鐘之後，他們挖出一盒漂亮的不透明水彩顏料、一些油性蠟筆、兩幅小小的空白畫布。看見女兒開心的樣子，史考提心頭暖暖的。他允許自己花一點錢，給自己買了一本麥可．康納利的《詩人》，特價零點九九美金。是茱莉亞帶他發現閱讀的魔力。有很長一段時間，都是她根據他的喜好推薦書單給他：警匪小說、歷史小說、冒險小說。進入書中世界並不總是容易的事，但當你找到對的書，找到那本為了你而寫的書，找到那本讓你細細品味書中的細節、對話、人物思緒的書，那消憂解愁的經驗真是無可比擬。沒錯，那比什麼都棒。真的。比 Netflix 還棒，比亞特蘭大老鷹隊的籃球賽還棒，遠遠勝過網路上流傳的那些把你變成活死人的無聊影片。

排隊等結帳時，史考提注意到一個大筐，裡面裝了許多賤價出清的貨品。他翻翻找找，從各色各樣物件中，撈出一個鼓鼓的布袋。袋子裡裝著一台老舊的隨身相機，標示價格是四點九九美金。思考一陣之後，史考提心動了。他熱愛修繕，喜歡修補所有被交到他手上的東西。每次他都強迫自己必須成功修好這些東西，像一種賭注。因為當他讓那些壞掉的老東西重新運轉時，總有那麼一點覺得，他修理好的，是他自己的人生。

★

到家時，史考提和比莉共同決定了一件事：雖然現在還只是十二月二十三日，但他們已經可以打開禮物，不用等到聖誕節當天。這樣他們就有整個週末可以享用他們的禮物，因為今天是星期六，而史考提星期一還得去修車廠工作。今年很冷。史考提為女兒泡了一杯熱巧克力，上面浮著像慕斯一樣的迷你棉花糖。比莉放了音樂，把整個下午都用來畫圖，她爸則一邊閱讀他的警匪小說，一邊小口小口喝著清涼的啤酒。

直到晚上，史考提才打開那個裝著相機的袋子，此時比莉正準備煮乳酪通心粉。他觀察防水外殼的狀態，猜測這台相機應該泡水泡了好幾年。他用隨身刀撬開保護裝置，相機已經不能用了，但他試了幾次之後，終於拔出裡面的記憶卡。這張卡看來沒有受損，他將它連上電腦，成功將裡面的照片複製到電腦上。

史考提帶著一絲興奮檢視那些照片。他覺得自己正在入侵陌生人的私密世界，這讓他覺得不太舒服，但同時也引起了他的好奇心。照片共有四十幾張，最近一批拍的是一對頹廢的年輕情侶，他們周遭的環境宛如人間仙境：海灘、藍綠色的海水、茂盛繁複的自然風光、彩色的魚在海底游泳。其中一張照片是這對情侶在旅館前的自拍照，雖然當年還沒開始流行自拍。這張照片是他們高舉相機倉促拍攝的，照片背景的旅館名為「奧瑪庫阿」。點了幾下滑鼠之後，史考提便在網路上找到這間位於夏威夷的豪華飯店。

或許這台相機就是在那邊弄丟的，它應該是掉進海裡了。

史考提搔搔頭。記憶卡裡還有其他照片。拍攝日期顯示，這些照片攝於夏威夷之前幾週，但它們和夏威夷的照片相差極大。照片中應該是不同的國家，是由不同的人在不同情況之下拍攝的。這台相機原本的主人是誰？離開電腦去吃晚飯時，史考提這樣想著。

他遵守和女兒之間的約定，把這個夜晚用來觀賞「嚇人的聖誕電影」——所以他們就看了《小精靈》和《聖誕夜驚魂》。

史考提想著剛才的發現，他再喝一瓶啤酒，然後再一瓶，在沙發上陷入昏睡。

★

隔天上午，史考提醒來時，已經快十點了。他覺得有點可恥，自己竟然睡了這麼久。他發現女兒正在他的電腦螢幕前忙著「工作」。

「爸爸，你要我泡杯咖啡給你嗎？」

「妳明明知道我不准妳自己一個人上網！」他訓斥她。

比莉惱怒地聳聳肩，進廚房去擺臭臉。

在電腦旁邊，史考提看見書桌上有一張摺起來的陳舊紙張，看來像是電子機票。

「妳是在哪裡找到這個的？」

「在那個小布袋裡。」比莉探頭回答。

史考提瞇起眼睛讀機票上的資訊。二〇一五年五月十二日從台北飛往紐約的達美航空公司班機，乘客是一個名叫愛蓮娜・法萊格的人。史考提搔搔頭，越來越搞不懂，這是怎麼回事？

「我呢，我可知道發生了什麼事，你睡得像土撥鼠一樣熟的時候，我可有時間思考這件事！」比莉像個贏家一樣宣告。

她坐到電腦前，將她剛從網路下載的世界地圖列印出來，然後用一支筆指著太平洋中央的一個小地方。

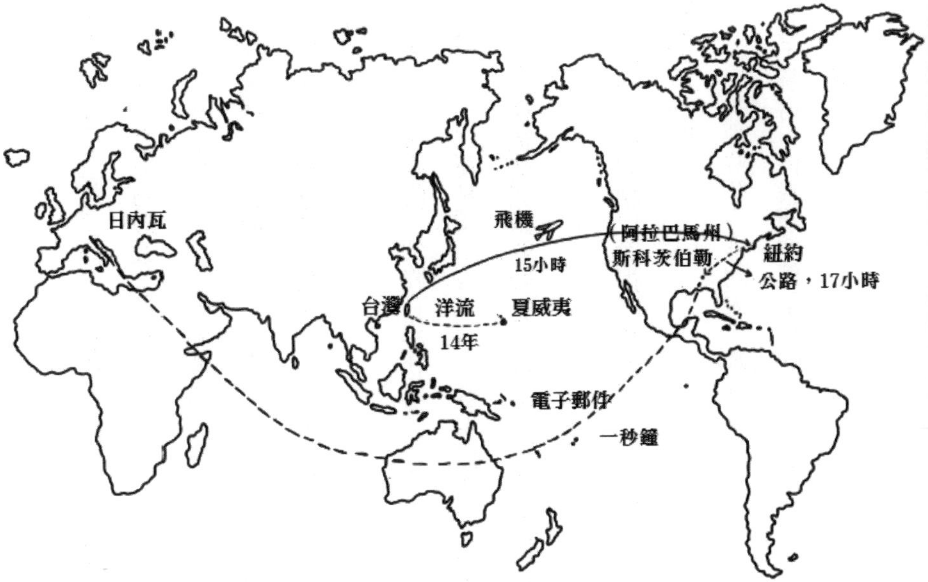
日內瓦
飛機
15小時
（阿拉巴馬州）
斯科茨伯勒
紐約
公路，17小時
台灣
洋流
夏威夷
14年
電子郵件
一秒鐘

「這台相機是二〇〇〇年在夏威夷被那對海底潛水的情侶弄丟的。」她開始說明，一面播放相機裡發現的最近一批照片。

「到這裡我都懂，」她爸一面戴上眼鏡，一面表示同意。

比莉指著機票，在海洋中畫出一道長箭頭——從夏威夷到台灣。

「接下來，相機被洋流帶走，一直漂流到台灣的海邊，在二〇一五年被這個法萊格女士找到。」

「而她飛回美國時，便將它忘在飛機裡？」

「沒錯，」比莉點頭回答，「它就是這樣被送到我們這邊。」

她專心地繼續補充她的圖表，畫了一道新箭頭直到紐約，再畫一條虛線，連到他們的小鎮。

女兒的演繹能力讓史考提非常驚豔。比莉幾乎重組了這幅拼圖的全貌，雖然還有一部分的謎還沒解開：

「比較早的那些照片裡的人，妳覺得是誰？」

「我不曉得，但我想他們是法國人。」

「為什麼？」

「我們透過窗戶可以看到，外面是巴黎的屋頂，」比莉答道，「你看，這是艾菲爾鐵塔。」

「我還以為艾菲爾鐵塔在拉斯維加斯。」

「爸爸！」

「我開玩笑的，」史考提回答，想起他曾經對茱莉亞說過，他會帶她去巴黎，而這個承諾在日復一日、週復一週、年復一年侵蝕日常生活的歲月當中消逝了。

他一再反覆地看著那些**巴黎**照片，接著再看那些夏威夷照片。他不知道為什麼，但這些影像的連貫方式讓他被吸引住了。在這兩組照片背後，彷彿掩藏著什麼戲劇性的事件。彷彿其中有個待解的謎團，像他愛看的警匪小說情節一樣。

他能拿這些照片做什麼？他毫無理由將它交給警方，但內心有個小小的聲音對他說：這些照片他非得拿給什麼人看看不可。或許找個記者？最好是法國記者。但史考提連一個法文字都不懂。

女兒遞了一杯黑咖啡給他，他向她道謝，然後兩人一起坐在電腦前面。接下來的一小時，他們摸索著在搜尋引擎中鍵入關鍵字，找到一名符合他們預設條件的記者。一名法國記者，曾在紐約求學，並在哥倫比亞大學取得理學碩士學位，畢業之後她返回歐洲，現在在瑞士一間報社工作。

比莉在這家瑞士報紙的網站上找到這名記者的電子郵件信箱地址，父女倆寫了一封電子郵件，在信中說明他們的新發現，說他們覺得似乎面對一個謎團。為了讓他們的話更有說服力，他們選取一些在這台相機中找到的照片，一併附上，然後將信寄出，像把瓶中信投入海裡。

記者的名字是瑪蒂德・墨妮。

金髮天使。

電視節目《文化高湯》片段

● 法國電視二台，播出日期：一九九八年十一月二十日

● 節目現場布置得高雅而簡單：奶油色呢絨簾幔，古典風格的柱子，仿造大理石雕塑的偽書架。來賓們坐在皮革扶手椅上，圍繞著一張茶几。主持人貝爾納・皮沃鼻樑上架著半框眼鏡，身著粗花呢西裝外套，每次問問題之前都會先瞄一眼他的紙卡。

貝爾納・皮沃：現在時間所剩不多，但在結束現場轉播之前，納森・弗勒斯，我想請您回答本節目固定會問來賓的一系列問題。第一個問題：您最愛的字彙是？

納森・弗勒斯：光！

皮　沃：您討厭的字彙是？

弗勒斯：窺淫癖，這個字無論定義還是發音都很醜陋。

皮　沃：您最愛的藥？

弗勒斯：日本威士忌，尤其是「薔薇庭園」，這間酒廠已經在一九八〇年代被拆了，它……

皮　沃：喂！喂！這是公立電視頻道，我們可不能爲酒類品牌打廣告！下一個問題：您喜愛的聲音？

弗勒斯：沉默。

皮　沃：您討厭的聲音？

弗勒斯：沉默。

皮　沃：啊，啊！您最喜歡的一句粗話、髒話、罵人的話？

弗勒斯：一群蠢蛋。

皮　沃：這……這可不太文學！

弗勒斯：我從來都不知道，什麼是「文學」、什麼不是「文學」。舉個例子好了，譬如雷蒙・格諾就在《風格練習》中用過這句話：「在醜陋不堪的太陽下，經過一場討厭至極的等候，我終於搭上這台令人作嘔的公車，車內擠滿一群蠢蛋。」

皮　沃：新發行的鈔票上面，應該印誰的圖像？

弗勒斯：大仲馬，他曾經賺過很多錢，然後又全部都沒了。這正好可以提醒我們，金錢拿來當奴才很適合，當主人則很糟。

皮　沃：您下輩子轉世時，想變成什麼植物或動物？

弗勒斯：狗，因爲牠們常常比人類更有人情味。您知道列維納斯寫的狗的故事嗎？

皮　沃：不知道，但您下次上節目時再說給我們聽。最後一個問題：納森．弗勒斯，如果神眞的存在，您希望祂在您死後對您說什麼話？

弗勒斯：「弗勒斯，你做得並不完美……但我也一樣！」

皮　沃：感謝您今天來到節目現場，祝大家晚安，下週見。

（節目片尾音樂：《夜有千千眼》，桑尼．羅林斯的薩克斯風）

06

作家的假期

作家永遠沒有假期。對一名作家而言，生活若非用於寫作，就是用於思考寫作。

——歐仁・尤內斯庫拉

二〇一八年十月十日，星期三

天還沒亮。納森小心翼翼走下樓梯，他的愛犬亦步亦趨。飯廳裡，原木餐桌上還留著昨晚吃剩的菜。眼皮沉重、頭腦昏沉的納森開始整理室內，在客廳和廚房之間來來回回，動作非常機械化。

收拾完畢後，他餵奔哥吃早餐，為自己煮了一大壺咖啡。度過這樣一個夜晚之後，他巴不得能夠直接靜脈注射咖啡因，幫助自己走出迷霧。

納森拿著滾燙的咖啡杯走上陽台，全身發抖。流動的緋紅線條在深藍夜空中漸漸淡化。密斯特拉風吹了一整夜，現在仍繼續吹拂海岸。空氣很乾、很冰冷，簡直像是夏天在幾小時內直接轉為冬天似的。他拉起身上那件半拉鍊毛衣的拉鍊，坐在陽台凹蔽處的一張桌子前。這處塗了白色石灰的小空間可作為休憩中庭，不受強風吹襲，是個小小的安樂窩。

納森思考著，像看電影一樣在腦中重播瑪蒂德敘述的故事情節，試著把這些片段照順序重新整理一遍。所以，有個住在阿拉巴馬州的鄉巴佬用電子郵件聯絡了瑪蒂德這名記者，因為他在一間專門回收飛航失物的超市買了一台舊相機。這台相機應該是在二○○○年由兩名法國遊客遺落在太平洋中，並於十五年後出現在台灣的海灘上。相機裡有一些照片，依瑪蒂德的暗示來看，這些相片讓人隱約覺得其中發生了一些事情。

「所以那些照片拍了什麼？」瑪蒂德的故事告一段落時，納森問。

她凝視他，雙目炯炯。

「納森，我們今晚就說到這裡。接下來的情節，我明天再告訴你。我們約明天下午在松之峽灣見面？」

他本來以為她在開玩笑，但這個小賤貨把她手中的聖朱里安紅酒喝光，從單人沙發中站起身來。

「妳要我嗎？」

她穿上她的騎士外套，拿起她方才放在玄關置物處的車鑰匙，輕搔奔哥的頭。

「感謝你的白醬燉牛肉和酒。你從來沒想過開家私廚餐廳嗎？我很肯定你一定會大獲成功。」

她就這樣得意洋洋離開屋子，不肯多加透露。

接下來的情節我明天再告訴你⋯⋯

他快氣瘋了。她以為她是誰啊，這個山寨版《一千零一夜》說書女莎赫薩德？她想製造她那微不足道的懸疑，在小說家的地盤上向他挑戰，她想讓他看看她也可以使那些聽她說故事的人徹夜不眠。

自以為是的傢伙……納森嚥下最後一口咖啡，強迫自己冷靜下來。這台數位相機的多年漂流記並不是不引人入勝，它確實有可以寫成小說的潛力，儘管到目前為止，他還看不出故事接下來會怎麼發展。他尤其不懂，瑪蒂德為何聲稱這故事和他有關？他從來沒踏上夏威夷的土地一腳，也從沒去過台灣，阿拉巴馬州就更不用說了。所以，如果故事和他有關，唯一的可能，就是照片的內容和他有關，不過她提到的名字——艾波琳・沙碧、卡辛・阿姆罕尼，這兩人他都毫無印象。

然而，他感覺得到，這一切都有目的。這場布局的背後並非只是一場文學誘惑遊戲，真正的陰謀更加事關重大，它正在默默策劃著……老天爺，這女的究竟想怎樣？總之她的招數以短期來說是成功了，因為他整晚都闔不了眼。他像隻菜鳥一樣中計了。更糟的是，他現在的反應，正符合她的期望。

要命……他再也無法呆坐著任人擺佈。他得行動，得在她正在設置的陷阱將他捕獲之前，知道更多關於她的事。納森搓著冰冷的雙手，面色凝重。想調查是很好，但他一點都不曉得自己該如何進行。他沒有網路，無法在家裡進行調查，但他的腳踝又腫又僵硬，痛得不得了，害他依舊寸步難行。一如往常，他想到的第一個念頭，就是打給賈斯伯・范威克。但賈斯伯人在遠方，雖然可以幫他在網路上查一些資料，卻無法在這場反擊瑪蒂德的戰役中成為有力幫手。仔細檢視問題後，納森不得不承認，只有向外求援才能走出困境。他需要一個能夠獨自應變解決問題的人，一個敢於冒險的人。他得找個和他理念相同，而且不會問他三萬六千個為什麼的人。

他心中浮現一個名字。他起身，回到客廳打了一通電話。

2

我縮在被窩裡，四肢都在顫抖。從昨天開始，氣溫大概下降了十度。就寢時，我沒忘記打開房裡的鐵鑄暖氣，但暖氣就是一直不暖。

被窩裡的我看見窗外正在日出，但我卻爬不起來，這是我來到島上後第一次這樣。自從艾波琳・沙碧的屍體被人尋獲，自從警方決定封鎖海岸，柏夢島就完全變了個樣。僅僅不到兩天的時間，這座地中海小樂園遽然驟變，化身為驚人的犯罪現場。

居民之間總是和樂融融的氛圍、歡樂的共飲時光、善良純樸的風情，如今全都結束了。連溫暖的天氣都落跑了。在那之後，四處都充滿猜疑。今天，一份全國性週刊以「柏夢島的黑暗祕密」作為封面頭條，使緊繃程度又再升高一級。這本週刊的報導就和絕大多數快速趕工寫出來的文章一樣，沒有一句是事實，全都由未經查證的消息編造而成，充斥著騙人的斷章取義，用來填充那些誘人的標題和副標題。柏夢島一下子被說成是專屬於百萬富翁（有時甚至說是億萬富翁）的島嶼，一下子又變成狂熱的激進獨立份子的巢穴，和他們相較之下，被視為恐怖組織的九〇年代科西嘉民族解放陣線成員，簡直像愛心彩虹熊一樣溫和。而低調的島主葛里納利一家，這個義大利家族也引發許多遐想。簡直像是全法國非得因為發生這場悲劇，才注意到這個地方的存在。外國記者也不遑多讓，他們也一樣開心地散播那些最荒誕離奇的謠言。接著各個媒體相互抄襲，一再扭曲他們原本接收到的消息，然後這一切全部攪進社群網站的巨大調理機，變成一團亂七八糟的大雜燴，內容只有毫無意義的謊言，唯一的功能是吸引網友點擊、轉推。平庸大軍的浩大勝利。

除了害怕有個兇手藏身於島上這層恐懼之外，我覺得這才是把柏夢島居民搞瘋的事。眼睜睜看著他們的島、他們的土地、他們的生活就這樣暴露在二十一世紀媒體的淒慘強光燈之下。他們受創極深，我遇到的每個人都像唸咒語一樣重複說著：「一切都回不去了。」

而且，這裡的每個人都有一艘船，有些是捕魚用的破船，有些是豪華一點的船舶。禁止航行的命令，就像是把所有人都軟禁了一樣。來自法國本土的警察在港口巡邏，大家把他們視為入侵者。更教人難以忍受的是，直到目前為止，除了羞辱柏夢島當地人之外，這些擅闖柏夢島的調查員似乎沒做什麼事。這批警察搜查了島上寥寥數間餐廳與酒吧，和幾間可能設有冷房或大型冷凍庫的商家。但這些調查看來都毫無收穫。

手機傳來一聲通知，讓我從床上爬起來。我揉揉眼睛，查看螢幕顯示的訊息。羅宏．拉孚西剛才接連發表了兩篇文章。我連上他的部落格，第一篇文章附了一張照片，拍的是他自己的臉，腫脹不堪。他說自己昨晚遭人攻擊，當他正在「惡之刬」酒館的吧台前小酌一杯時，酒館有群客人叫他負責，責怪他用推特鼓吹這股開始籠罩柏夢島的瘋狂偏執。當時拉孚西掏出手機，打算錄下這一幕，但據他所述，安傑．阿戈斯蒂尼這名市警沒收了他的手機，並放任酒吧老闆在某些客人鼓舞之下把他狂毆一頓。拉孚西宣稱他打算提出告訴，並引用勒內．吉拉爾加以發揚光大的「替罪羊」理論來為這篇短評作結：每個瀕臨崩潰的社會或團體都需要找出代罪羔羊加以譴責，將他們忍受的苦痛的根源怪罪於羔羊身上。

單就最後這項觀察來說，拉孚西很有洞察力，他沒說錯。拉孚西讓恨意具體化了。

這位記者正在體驗他的榮耀時刻，同時卻也活在貨真價實的苦難之中。他理直氣壯，認為自己正在盡專業職責，但部分島民卻認為他是火上加油。這座島嶼越來越非理性，失控狀況並非不可能再度發生，使他成為犧牲者。為了安撫人心、避免使局勢惡化，禁航令必須解除，但警方目前似乎還不打算這樣做。最急迫的，是必須盡快找到這起兇殘犯罪的始作俑者。

拉孚西的第二篇部落格文章和警方調查進展有關，這篇文章尤其描述了受害人的性格與往事。

艾波琳・沙碧婚前的姓氏是梅里尼亞克，她生於一九八〇年，成長於巴黎第七區。她先上聖克羅蒂德私立小學，接著進入明星高中費奈隆聖瑪利亞中學就讀。她害羞靦腆、學業優異，高中畢業後順利進入高等學院文科預備班。然而，一九九八年，就在她就讀高等預備班這年，她的人生驟然脫離原軌。

在一場學生派對上，她認識了卡辛・阿姆罕尼，並瘋狂愛上了他。卡辛是個小藥頭，負責進行夏貝爾大道的毒品交易，他已經放棄了南特爾大學法學院的學業。他口才很好，有點徬徨，幾乎是個偏激的極左派，有時幻想成為斐代爾・卡斯楚，有時又幻想自己是電影《疤面煞星》的主角東尼・莫塔納。

為了討他歡心，艾波琳開始蹺課，和他一起搬進城堡盾街上一處佔屋空間。卡辛漸漸深陷毒癮，他總需要更多錢來買毒品。儘管艾波琳的家人傾盡全力要她脫離此境，她的人生還是沉淪於社會邊緣。她先是開始賣淫，但客人給的錢很快也不夠用了。於是她變成卡辛的共犯，和他一起犯案。接下來便是一連串的竊盜，有時甚至是暴力行搶。他們的犯罪在二〇〇〇年九月走上最極端的一刻——他們在史達林格勒廣場附近搶劫了一間附設賽馬投注站的酒吧，事情演變得很糟。酒吧老闆抵抗他們，卡辛為了嚇唬他，用BB槍射傷對方，導致該名老闆一隻眼睛失明。卡辛搶走現金，艾波琳騎著機車在店外等他。警車終究發現他們，雙方展開一場追逐，幸未造成傷亡。他們在魚船大道上的雷克斯大戲院正對面被補。開庭時，卡辛被判八年刑期，艾波琳則只判四年。

原來如此……**現在**我想起來了，瀏覽艾波琳的網站時，上面有些日期讓我驚訝，她的履歷表彷彿有段長長的空白。

光陰流逝。二〇〇三年，她自弗勒里梅羅吉監獄出獄，將自己的人生導回正軌。她在波爾多重拾學業，接著在蒙彼里艾深造，然後和當地一名律師的兒子雷米．沙碧結婚。她在幾年後離婚，兩人沒有小孩。二〇一二年，她回到波爾多創業，開了一間葡萄酒公司，並且直到此時才出櫃。向波爾多警署舉報艾波琳失蹤的，正是她的一名前女友。

拉孚西在部落格的最後附上一份《巴黎人日報》舊報導的掃描影像，文中記錄這對「史達林格勒廣場的鴛鴦大盜」的開庭結果。黑白舊照中的艾波琳看來是個高　的柔弱少女，長臉，雙頰凹陷，垂眼看著下方。卡辛的個子比她小，看來虎背熊腰，很有力氣，一副意志堅定的樣子。據說他嗑藥嗑茫時，是出了名的粗魯暴力，但他在法庭上表現得非常清醒。他不顧律師的反對，盡可能讓艾波琳減輕刑罰。這策略的成果相當有效。

讀完這篇文章時，我心想，艾波琳・沙碧曾有過一段犯罪往事，這個新發現應該能使人心安定下來。或許她的命案和柏夢島一點關係都沒有，也和這裡的居民無關。或許她的死可以發生在任何地方。我也想著，卡辛・阿姆罕尼出獄之後變得如何了，會不會再度犯罪？會不會重新試著和艾波琳聯繫？當年，真的是他在她身上施加枷鎖嗎？抑或事情的真相其實更複雜呢？最重要的是，艾波琳那充滿危險的過去，有沒有可能在二十年後像迴力鏢一樣，回頭找上她？

我抓起放在床腳的筆記型電腦，記下一些用來寫作小說的筆記。我從昨天開始狂熱地寫個不停，頁面簡直是自動變得密密麻麻。我不知道自己寫的東西有沒有價值，但我知道命運已將我放上一條道路，而這道路引我前往一個必須有人講述的故事。一個真實的故事，比虛構的故事更能打動人心，而且，我有預感，這故事現在還只是開端而已。

為什麼我如此確信艾波琳的命案只是冰山一角，而大半真相還藏在水面下？或許是人們過激的反應讓我起疑？彷彿島上藏了個不可洩露的祕密。無論如何，我已經徹徹底底成了一個小說人物，就像我孩提時期閱讀的那些你就是書中主角的書一樣。

接下來這一分鐘，這股置身小說之中的感覺又更加深刻——我的手機響了，顯示的是個陌生號碼，但從區碼看來，應是從島上的市話打來的。

接聽時，我隨即聽出那是納森·弗勒斯的聲音。

他要我去他家。

現在就去。

3

這一次，弗勒斯沒拿泵動式步槍朝我開槍，而是用一杯美味的咖啡來迎接我。他家的室內設計正如我所想像的樣子，既嚴謹又美觀，既粗獷又溫暖。作家的完美家屋。我能輕易想像一些大作家在此寫作的樣子，譬如海明威、聶魯達、西默農，甚至納森·弗勒斯……

身著牛仔褲、白襯衫和半拉鍊毛衣的弗勒斯正在餵他的金毛黃金獵犬喝水。這次他沒戴巴拿馬草帽和墨鏡，我終於能看到他真正的樣子。老實說，相較於一九九〇年代末的照片，他沒有變老多少。弗勒斯的身高不高，卻渾身散發一股真正的存在感。他的臉曬成古銅色，眼神清澈如遠水波漪。他的頭髮和三天沒刮的鬍子雖是黑白夾雜，但黑色還是比白色多。他身上有股難以捉摸的神祕氣息，一股既陽光又沉重的力量，一道陰暗的光芒，讓人不知該不該放下戒心。

「去外面坐吧。」他這樣提議，同時拿起一個老舊的小皮箱。這個手提箱原本擱在一張伊姆斯椅上，那張椅子的年紀大概是我的兩倍。

我跟著他來到陽台上，天氣還是有點涼，但陽光已四下照耀。陽台最左側就是我第一次來這裡時，弗勒斯朝我開槍的地方，高台由此開始變成一片結實的泥土地，再遠一點就是岩石。三棵高大的義大利石松下，有張金屬桌腳的桌子固定在地上，桌旁有兩張石砌長凳。

弗勒斯邀我坐下，他則坐在我對面。

「我就直說了，」他凝視著我的雙眼說，「我找你來，是因為我需要你。」

「需要我？」

「我需要你的幫忙。」

「我的幫忙？」

「你不要一直重複我說的話，煩死了。我需要你為我做件事，你懂了嗎？」

「什麼事？」

「一件很重要，也很危險的事。」

「可是……如果危險的話，幫了您，我能得到什麼？」

弗勒斯將那個手提箱放在鑲滿方形瓷磚的桌面上。

「你會得到放在這個手提箱裡的東西。」

「我才不在乎您的手提箱裡放了什麼東西。」

他翻了個白眼。

「你怎麼可以連裡面有什麼東西都不知道，就說不在乎？」

「我要的，是您讀我的稿子。」

弗勒斯平靜地打開手提箱，從裡面拿出上次會面時我丟給他的那份小說稿。

「小鬼，你的稿子我已經讀了！」他嘴角帶著一絲笑意說。

他將那份《樹冠羞避》遞給我，顯然很高興能讓我中計。

我興奮地翻閱，裡面寫滿評語。弗勒斯不只讀了我的小說，而且非常認真修改，顯然花了很多時間。我突然焦慮起來，我能承受被出版社拒絕，也可以忍受貝納・杜菲這類蠢才擺出一副恩賜的態度對我說那些高傲的話，但要是被我的偶像嘲笑的話，我還有辦法再爬起來嗎？

「您覺得怎樣？」我全身僵硬地問。

「說真話？」

「說真話。寫得爛嗎？」

弗勒斯故意折磨我，他先慢條斯理喝口咖啡，過一陣子才說：

「首先，我很喜歡書名。它的音調，它的象徵意義……」

我沒辦法呼吸。

「然後，我得承認你寫得滿好的……」

我如釋重負鬆了口氣，儘管我知道對弗勒斯來說，「寫得好」不一定是讚美之詞，而他也急著強調：

「我甚至會說，寫得有點太好了。」

現在輪到他拿起稿子翻閱：

「我注意到，你從我這邊偷了兩三個寫作技巧。另外還有史蒂芬·金、戈馬克·麥卡錫、瑪格麗特·愛特伍……」

我不知道自己是否應該答話。從我們這邊能聽見懸崖下方的海浪聲，波濤洶湧得讓人覺得彷彿置身船甲板。

「但這沒有關係，」他再度開口，「剛開始寫作時，有參考對象是很正常的。而且，這至少證明你讀過一些好書。」

他繼續翻閱，重讀他的眉批。

「情節有高潮起伏，很多對話都寫得很不錯，有時很好笑，讀起來不能算是無聊……」

「但是？」

「但是少了最重要的東西。」

啊……

「那，什麼是最重要的東西？」我相當惱怒地問。

「你覺得呢？」

「我不知道。原創性？新點子？」

「不是。誰管它什麼點子，那個到處都有。」

「讓故事運轉的動力？精采故事與有趣角色之間的平衡比例？」

「運轉動力是修車廠師父的玩意。至於平衡比例，那個是數學班學生的玩意。能使你成為一名好小說家的，不是這個。」

「精準的用字？」

「用字精準，這對於寫對話很有用，」他嘲笑道，「但無論什麼人都可以邊翻字典邊寫作。你想一下，真正的重點，是什麼？」

「重點，是讀者要喜歡這本書。」

「沒錯，讀者很重要。你是為了讀者而寫，這點我們都同意。然而，若你試圖取悅讀者，反而更容易導致他不讀你的作品。」

「算了，那我就不知道了。最重要的東西是什麼？」

「最重要的東西，是灌溉你筆下故事的泉源，它應該要像電流一樣貫通你整個人，讓你著魔，讓你熱血沸騰，沸騰到你沒有別的選擇，只能把小說寫完，除此之外沒有別的辦法，彷彿不寫完你就會死掉似的。這就是寫作。唯有如此，你才能使讀者覺得自己被緊緊攫住、覺得沉浸在書中，你才能讓讀者完全迷失，進而深陷於故事當中，正如你自己寫作時整個人深陷其中的狀態一樣。」

我消化了一下他說的話，然後斗膽問他一個問題：

「具體來說，我的小說問題在哪？」

「它乾巴巴的，我感覺不到其中有緊迫性。最嚴重的是，我感覺不到情感。」

「明明到處都是！」

弗勒斯搖頭。

「那是假的情感。假造的情感是最糟的……」

他扳扳手指，進一步說明：

「小說是情感，不是智識。不過，若想創造情感，你得先體驗這些情感。你必須親身感受你筆下人物的情感——**所有**人物，無論是主角還是混蛋。」

「這就是小說家真正的職責？創造情感？」

弗勒斯聳聳肩膀。

「不管怎樣，當我閱讀一本小說時，期待的是這個。」

「我上次來請您給我一些建議時，您為什麼回答我『去找別的行業來做，別再想當作家』？」

他嘆了口氣：

「因為這不是精神健全的人該做的工作。寫作這工作，是給精神分裂症患者做的。為了寫作，你必須讓你的心靈分裂，讓自己同時置身於世界內部與世界外側，這是極具毀滅性的事。你懂我的意思嗎？」

「我想我懂。」

「莎岡說得十分貼切：『作家是一頭可憐的獸，和自己一起關在籠子裡。』當你寫作時，你並非和太太、孩子、或朋友一起生活。應該說，你只是假裝和他們一起過活。你真正的人生是和筆下的角色一起度過，你和這些人物一起生活一年、兩年、五年……」

他越講越起勁：

「小說家不是兼職工作。你若是小說家，就一天二十四小時都是小說家。你永遠沒有假期，永遠處於高度戒備狀態，永遠都在伺機等候一個靈感、一句話、一個能讓角色更豐富的性格特徵。」

我聽得宛如醍醐灌頂。看他如此熱情暢談寫作，真的很棒。我來到柏夢島時，期望能夠遇見的，就是這樣的納森・弗勒斯。

「但這很值得，對吧，納森？」

「對，很值得，」他渾然忘我，「你知道為什麼嗎？」

是的，這次我覺得自己知道：

「因為，在那一刻，我們就是神。」

「正是如此。說起來很蠢，但有那麼一刻，螢幕前的你就是造物主，你可以創造命運、改寫人生。嚐過這種狂喜之後，就沒有別的東西更讓人興奮了。」

我眼前這根釣竿簡直太完美了：

「那為什麼要停筆？納森，您為什麼不寫了？」

弗勒斯閉上嘴巴，臉色變得僵硬。他眼中的光芒消失了，藍綠色的眼眸幾乎變成深藍色，彷彿有個畫家剛在他眼裡融進幾滴黑色墨水。

「他媽的……」

他低聲囁語，音量幾乎聽不見。有什麼東西斷裂了。

「我停筆，是因為我沒有力氣再寫下去了，就這樣。」

「但您看起來狀況很好，而且當年您才三十五歲。」

「我說的是精神上的力氣。寫作需要的心靈條件與精神敏銳度，我都已經沒了。」

「為了什麼原因？」

「這個，是**我**自己的問題。」他這樣回答，同時將我的稿子再度收起來，關上手提箱。

這時我知道，這場大師文學講堂已經結束，我們該談別的事了。

4

「好了，你他媽的到底要不要幫我的忙？」

弗勒斯緊盯我的雙眼不放。

「您要我做什麼？」

「首先，我要你去調查一名女子。」

「誰？」

「一個現在人在島上的瑞士記者，名叫瑪蒂德·墨妮。」

「我知道她是誰！」我嚷著，「我不知道她是記者。這週末她來過書店，還買了您的三本書！」

弗勒斯對這消息毫無反應。

「具體來說，您想知道她什麼事？」

「所有你能查到的事：她為什麼來這裡，她白天都做些什麼事、和誰見面，她都問別人什麼問題。」

「您覺得她打算寫一篇和您有關的報導嗎？」

他再度無視我的問題。

「然後，我要你去她住的地方，潛入她的房間……」

「去對她做什麼事？」

「什麼都不做，你這白痴！你趁她不在的時候，進去她的房間。」

「但這是違法行為……」

「如果你只想做人家准許你做的事，那你永遠不會成為一名好小說家，也永遠不會是藝術家。藝術的歷史，就是反叛的歷史。」

「納森先生，您這是在玩弄文字。」

「這是作家的本性。」

「我以為您已經不是作家了。」

「一日作家，終身作家。」

「身為普立茲小說獎得主，您不覺得引用這句話很弱嗎？」

「閉嘴。」

「那麼，進她房間之後，您覺得我會找到什麼東西？」

「詳細來說我也不知道。照片、報導、電子器材之類的……」

他再為自己倒一杯咖啡，皺著臉喝了一口。

「接下來，我要你在網路上蒐集所有你能找到的、關於瑪蒂德的資訊，然後……」

我已掏出手機準備開始搜尋，但弗勒斯阻止我：

「你先聽我說完！而且你別浪費時間了，這裡沒有無線網路，也沒有訊號。」

我像個犯錯被逮的學生一樣放下手機。

「我還要你搜尋兩個名字：艾波琳．沙碧和……」

我瞪大眼睛打斷他：

「那個被謀殺的女人？」

弗勒斯皺起眉頭。

「你在胡說什麼？」

我看著他的表情，發現他實在是太離群索居了，竟然連這幾天引起柏夢島騷動的大事件都沒聽說過。我將自己知道的一切都告訴他：艾波琳的命案、冷凍的屍體、她和卡辛·阿姆罕尼的犯罪往事、柏夢島的禁航令。

我說得越多，他臉上、他眼中的驚駭之色就越嚴重。方才，我剛到他家時，就發現他有點憂慮，如今他的擔憂已成為一股全然的恐慌，他整個人顯然被焦慮佔據。

我說完時，弗勒斯茫然若失，他花了一點時間才清醒過來，最後終於恢復鎮定。猶豫一下之後，換他開始丟資訊給我，他向我透露瑪蒂德·墨妮昨天告訴他，艾波琳和卡辛遺落了一台相機，而相機進行了一趟令人難以置信的旅程。當下，我搞不太懂是怎麼回事。太多事實累積在一起，阻礙我找出它們之間的聯繫。我有好多問題想問弗勒斯，但他不給我時間這樣做。他才剛把故事講完，就抓住我的手臂，把我推到門口。

「去搜瑪蒂德的房間，馬上就去！」

「我沒辦法馬上就去，我得去書店上班。」

「你給我想辦法，現在就去！」他大叫，「帶資訊回來給我！」

他粗暴地關上門，我了解事態嚴重，最好照弗勒斯的要求去做。

07 陽光普照

Hic Sunt Dragones.

（此處有龍。）[1]

——歐仁．尤內斯庫拉

島嶼西南岬角。

瑪蒂德．墨妮關上皮卡車的車門，發動汽車，在碎石路上迴轉。她住的民宿外觀看起來像英國的鄉間小屋。麥桿屋頂、木筋牆，小小的房屋正面覆滿大理石，攀牆的玫瑰籐盤據整棟屋子。屋後是一片未整理的花園，一路延伸到一座古老的雙拱橋畔，這座橋通往聖蘇菲半島。

島嶼的南部海岸，我只來過兩次。第一次是為了觀賞附近那座住著本篤會修女的修道院，第二次則是特莉絲坦娜海灘發現艾波琳遺體那天，陪同安傑・阿戈斯蒂尼前往現場。剛到柏夢島時，奧狄伯向我解釋，島上這個區域一向是英語系國家人士偏好的地帶。而瑪蒂德住的房子，正是一位愛爾蘭老太太的家。這棟房子長久以來都屬於寇琳・登巴爾，她退休前是位建築師，現在將她家二樓的房間當做民宿出租，貼補家用。

上次從弗勒斯家回城裡時，腳踏車被我騎到爆胎，所以這次我放棄騎腳踏車。而是在艾德超市前租了一台電動腳踏車，將它藏在樹叢裡。這個上午的假是我用非常強硬的態度向奧狄伯要來的。奧狄伯越來越疑神疑鬼，簡直像是一肩背起全世界的所有不幸一樣。

等待登巴爾太太家裡的人出門時，我爬下岩石，來到一個沒那麼陡峭的地方。從這

1 原注：中世紀的地圖上，這句拉丁文用於指示未知地域或危險地帶。

個觀察哨看出去，既能享受原始風光的驚人美景，同時也能繼續盯著小屋。二十分鐘前，我看見登巴爾老太太正準備出門，她女兒開車來載她去採買。瑪蒂德則開著她的皮卡車駛離小屋，轉向西邊，開上平坦筆直的道路。一直等到她駛出我的視線範圍，我才離開藏身處，攀爬岩石，往小屋前進。

快速看了四周一眼之後，我安心多了。附近沒有別的人家，修道院距離這裡應該有一百公尺以上。我繼續凝視，看出菜圃中有三、四名修女正在忙東忙西，然而，一旦繞到小屋後面，她們就看不到我了。

老實說，做這類違反規矩的事，我不太舒服。我一輩子都甘願成為「好學生症候群」的俘虜。我是獨生子，家境普通，家裡的收支勉強能維持平衡。我父母將他們的時間、精力、和他們賺的少少的錢都投注在我身上，他們總是如此，只求我學業成功、成為一個「好人」。我從很小開始，就努力不讓他們失望，盡可能避免做壞事。這種童子軍性格成了我的第二天性。我的青春期宛如一條悠靜長河，做過的壞事頂多是十四歲時在下課時間的中庭裡抽過三支香菸，還有騎車闖過兩三次紅燈，偷錄幾支 Canal+ 頻道的色情片，在足球場上撞斷一個拚命鏟我球的傢伙的鼻樑，大概就這樣而已。

大學時期也一樣平穩度日。我爛醉過兩次，曾把商業學校某個學生的高級木製鋼筆

「帶走」，在蒙帕納斯大道上的「傾聽之眼」書店偷過一本七星文庫的喬治．西默農。後來這間書店倒了，變成一間服飾店，每次我經過服飾店前面時，都會自問，我是否該為書店倒閉負一點責任。

說真的，我從沒抽過大麻，也沒碰過任何毒品——老實講，我連毒品該去哪裡找都不知道。我不愛跑趴，每晚都需要睡滿八小時，而且我從兩年前開始每天工作不懈，週末和連續假期也一樣，我不是在寫我的書，就是在打工賺房租。如果我是小說人物，我一定能完美化身為那種天真又多愁善感的年輕人。小說情節中的調查和種種波瀾，就是為了讓書中這種稚嫩角色能夠成長。

於是我走向小屋的大門，試著擺出從容的樣子。所有人都向我保證，柏夢島的人從來不鎖門。我轉轉門把——完完全全是鎖住的。又是一個島上居民對觀光客（或我這種盲目相信別人的蹩腳貨）亂講的傳奇故事。不然，就是幾公里外發現艾波琳屍體這件事，加重了瑪蒂德的疑心。

我只能破壞門窗硬闖進去了。看看廚房的玻璃門，那玻璃看來很厚，我應該無法在不傷到自己的狀況下打破它。再度繞回屋子後面，遠方的菜園似乎已經沒有半個修女的蹤影了。我試著激勵自己：只需要找一面比較薄的玻璃窗，一肘撞破就行了。在一座倉促砌製的陽台上，登巴爾老太太放了一張褪色變灰的淒慘柚木桌和三張椅子，被陽光、雨水和海鹽徹底侵蝕。就在這裡，在這個夏日休憩區的後方，我發現了一個驚喜：有一扇落地窗是開著的。是不是完美得不像真的？

2

我進入客廳。這地方很寧靜，暖氣開得很強。室內飄散著肉桂蘋果派甜甜的溫暖氣息。裝潢佈置得很討人喜歡，優雅精緻的英倫路線，擺設了很多蠟燭，還有蘇格蘭格子毯、花朵圖樣的窗簾、浪漫情調的地毯、掛在牆上的瓷盤。

準備上樓時，我聽見一聲聲響。轉身一看，一頭壯碩的德國看門狗正朝我衝來。牠在距離我一公尺處停下，擺出攻擊姿勢。牠很大隻，全身都是肌肉，深色的毛閃著光澤，身高直抵我的下腹部。牠的雙耳警覺地豎直，威脅的目光緊盯著我，一面發出嚇人的低嚎聲。牠的脖子上掛著一塊金屬牌，上面刻著「小麥克斯」。當年牠才兩三個月大時，叫這名字應該很可愛，但現在似乎已經不太適合了。我想撤退，卻阻止不了這頭大狗衝過來。我在最後一瞬間閃開，衝上樓梯，大步跑上樓，一邊覺得牠隨時會將獠牙深深刺進我的小腿。我一鼓作氣衝上二樓，鑽進眼前第一個房間，在最後一刻驚險地在牠眼前闔上門。

牠暴怒狂吠、不斷撞門時，我調整好呼吸，靜下心來。我運氣很好（話雖如此，但我可是差點少一條腿），我現在身處的這房間，顯然就是瑪蒂德租的房間。

這房間算是套房，看得到淺色木頭樑柱，房裡彷彿飄蕩著洛拉這個英國家居品牌設計師的幽魂。發出古老色澤的舊家具重新漆上粉彩色調，上面佈置著一些乾燥花束。窗簾和床罩都裝飾著鄉村風格的田園圖案。然而，瑪蒂德卻把這民宿房間改造為一個奇怪的工作空間，一間完美的「戰情室」，只瞄準一個執念：納森·弗勒斯。

天鵝絨製的粉紅色安樂椅，幾乎快被書籍和文件壓垮了。房內的桌子被轉化成辦公桌，附設鏡子的漂亮梳妝檯被用來放置印表機。小麥克斯繼續在門外亢奮狂吠，我則開始翻閱文件。

很明顯地，瑪蒂德·墨妮正在調查弗勒斯。她的工作桌上沒有電腦，但有十幾篇列印出來的文章，上面用螢光筆劃了線。我知道這些文章，在網路上搜尋弗勒斯時，總是這幾篇文章率先映入眼簾，永遠是那些一九九〇年代的舊採訪，在弗勒斯停筆前做的訪問，另外還有兩篇參考文章，一篇是二〇一〇年的《紐約時報》報導，篇名為〈不可見的人〉〉；另一篇刊於三年前的美國版《浮華世界》雜誌，名為〈弗勒斯或偽勒斯？（反之亦然）〉。

瑪蒂德也在弗勒斯的三本書上寫了大量評語，並列印出很多張弗勒斯的照片，尤其是他最後一次上電視節目《文化高湯》（由貝爾納．皮沃主持）的螢幕截圖。我不知道為什麼，但她放大的畫面是……鞋子，弗勒斯上節目時穿的鞋子。我集中注意力閱讀她的文件，查過專門的相關論壇之後，瑪蒂德認為自己找出了精確的型號：威士頓弓形七〇五皮靴，褐色小牛皮革，側邊是U型鬆緊帶。

我搔搔頭。這一切究竟代表什麼？這名記者並非準備寫第N篇關於柏夢島隱士的趣聞報導，她對弗勒斯所做的調查根本就是警方辦案，但她的動機是什麼？

打開安樂椅上堆疊著的文件夾時，我又有另一個新發現：用望遠鏡頭拍攝的照片，畫面的主角是個男人，背景是一些不同的地點。年過四十的北非裔男子，身著T恤和牛仔外套。我立刻認出拍照地點：艾松省，更詳細地說，是埃夫里市。照片很多，我不可能認錯地方：建築風格飽受爭議的大教堂、埃夫里第二購物中心、寇奇碧公園、還有埃夫里－庫爾庫羅訥火車站的站前廣場。就讀商業學校的最後一年，我有個女朋友住在埃夫里市。喬安娜．帕洛夫斯基，二〇一四年大巴黎小姐選美比賽第三名佳麗。那是你能想像得到的最漂亮的臉蛋。大大的綠色眼睛，非常波蘭的金髮，舉手投足之間都充滿柔情與優雅。我常在下課後陪她回去，從巴黎北站搭乘近郊鐵路D線到埃夫里市，車程漫無止盡，我在車上試著讓她改信我的宗教——文學。我送她我最愛的書，《屋頂上的輕騎兵》、《魂斷日內瓦》和阿拉貢的《未完成的小說》，但一點成果都沒有。喬安娜擁有浪漫女主角的外型，但她一點都不浪漫。我天馬行空，她腳踏實地。她在現實事務中根深蒂固，而我的國土卻是屬於情感的國度。她離開我時，也同時中斷商業學校的學業，去一間商場的珠寶店工作。六個月後，她把我叫到一間咖啡館，向我宣布她要嫁給那間商場的超級市場的一個小主管，名叫讓－帕斯卡・派查（縮寫和足球明星帕潘一樣是JPP，大家都這樣叫他）。JPP以二十五年房貸買下一幢位在艾松省奧爾日河畔薩維尼鎮的獨棟房子，相較之下，我在分手後還繼續寫給她的詩，顯得無足輕重。為了安慰我那受傷的自尊心，我告訴自己，有一天，當她聽到我在電視節目《大書店》中聊我的第一本小說時，她一定會後悔。但在那個時刻到來之前，這件事持續打擊我的志氣。每次當我再度想起喬安娜，看著手機裡她的照片時，我總得花上很長一段時間才能承認，她臉龐的細緻程度，與她心靈的細緻程度毫無關連。不過，我為什麼會認為這兩者有關？看似明顯的事，事實上卻沒有根據，我應當把這件事銘記在心，以免再度犯錯、再度失望。

門後傳來一聲犬吠，將我喚回現實，想起現在情勢緊急。我趕緊再度查看那些照片，拍攝日期標示為二〇一八年八月十二日。這些照片是誰拍的？是警察、私家偵探、還是瑪蒂德親自拍的？最重要的是，這個男的是誰？突然，在一張較能看清楚他的眼神的照片中，我認出他是誰了：卡辛・阿姆罕尼，老了二十歲，也胖了二十公斤。

看來，原本在夏貝爾大道進行毒品交易的這位小流氓出獄後，搬到了艾松省居住。在其他照片中，可以看到他出入一間修車廠，和技師說話，他似乎是這間修車廠的主管或老闆。他的命運會不會和艾波琳一樣？繼艾波琳之後，現在會不會輪到他的生命遭受威脅？我既沒有時間、也沒有足夠資訊回答這些問題。我猶豫著，不知該不該帶走這些文件，但為了不要讓人發現我來過，我最後決定只用手機拍下最重要的一些資料。

許多問題持續在我腦中湧現。瑪蒂德為什麼對阿姆罕尼感興趣？或許是因為那台相機的緣故，但這又和弗勒斯有什麼關係？離開之前，我更徹底地翻找一次房間和浴室，希望能找到答案。床墊下面什麼都沒有，抽屜和櫃子裡也一樣。我抬起抽水馬桶的水箱蓋查看裡面，用腳探測地板，地板有幾處不太穩固，但我找不到可以掀開來藏東西的地方。

倒是在馬桶後方的牆腳板當中，有一塊輕踢一腳就掉下來。我不抱太大期望，蹲下去將整隻前臂伸進縫隙裡，發現裡面有一疊厚厚的、用彈性緞帶捆起來的信。我正想查看這些信件時，外面傳來一陣引擎聲。小麥克斯不再對門狂吠，牠衝下樓梯。我隔著窗簾往外看，寇琳．登巴爾和她女兒已經回來了。情急之下，我將那疊信件摺起來，塞進夾克的內側口袋。等登巴爾母女從我視線內消失之後，我推開一扇吊窗，爬上車庫的屋頂，從那邊跳到草皮上，拖著顫抖的雙腿跑到馬路另一邊去牽我的車。

才剛發動引擎，就聽見身後傳來吠叫聲，那隻德國看門犬衝過來追我。剛開始騎的那幾公尺，因為我的電動腳踏車加速很慢，只能勉強騎到時速四十公里，但接下來恰好出現了一道斜坡，讓車速加快，使我得以在那隻狗放棄追趕、夾著尾巴回家時，對牠比個中指。

去你的，小麥克斯……

3

豔陽高照，熱得彷彿夏天又回來了。風變得暖和，也沒那麼強了。瑪蒂德穿著亞麻短褲和金髮美女樂團的T恤，輕盈地在岩石上跳躍。

松之峽灣是島上最令人歎為觀止的景點之一。小巧的峽谷既深又窄，在耀眼的白色岩石中鑿出一道深谷。

前往松之峽灣需要費點力氣，但很值得。瑪蒂德先將車子停在波之海灘的平地上，接著走上步道，這條鑿在花崗岩中的步道像迷宮一樣。她走了一個多小時才走到峽灣，步道先是微微傾斜，然後變得陡峭，沿著鋸齒狀的險峻懸崖蜿蜒，從這裡看出去的遼闊景致非常原始，教人讚嘆不已。

接著步道向下蜿蜒至海邊，這段路極為危險，最後幾公尺最難走，路徑筆直向下彎。然而，走這段路真的值得。抵達海灘時，會覺得身在世界盡頭，覺得置身於失樂園：土耳其藍的海水、赭紅色的沙灘、松樹的影子、尤加利樹令人迷醉的氣息。不遠處甚至有些石洞，但這是當地人絕對不會告訴遊客的祕密。

沙灘呈現半月形，花崗岩懸崖讓風無法吹襲此處。這沙灘面積不大，有時七月和八月人潮較多時，甚至會顯得擁擠，但在這個十月早晨，此地空無一人。

峽灣對面，距離本島約五十公尺的地方，有一座非常迷你的小島，名為針尖嶼，尖尖的島峰指向天空。氣候宜人的季節裡，愛冒險的青少年喜歡赤腳攀岩，然後一躍入海。

這是島上的啟蒙儀式之一。

瑪蒂德戴著墨鏡，直直盯著地平線。駕著船的納森，在針尖嶼旁邊下錨。他那艘 Riva 快艇的鉻黃色桃花心木烤漆船身在午後的陽光下閃閃發光，差點讓人以為身在《生活的甜蜜》那個年代的義大利，或是六〇年代聖特羅佩的某個小海灣。

她遠遠向他招手，但他看來並不打算將船開過來接她。

> 若你不來見拉加代爾，拉加代爾便自己去找你……[2]

反正，她身上已經穿了泳衣。她脫下短褲和T恤，將衣服收進包包，把包包放在岩石下方，身上只帶了包在防水保護套裡的手機。

海水很冷，但很清澈。她在水裡走了兩、三公尺，然後毫不猶豫潛入水中。一陣寒意貫穿全身，但游了幾下蛙式之後，就暖和多了。她筆直遊向 Riva 快艇，納森身上穿著海軍藍馬球衫和淺色長褲，站在掌舵處，雙臂交叉看她遊近。墨鏡遮住他的臉，讓人看不透他的表情。瑪蒂德再游幾下便能游到船邊時，他向她伸出手，但似乎猶豫了兩秒鐘，

2 譯注：此語出自法國作家保羅・費瓦（Paul Féval，1816－1887）的小說《駝子》（*Le Bossu*，1858）。

然後才拉她上船。

「有那麼一刻，我還以為你想把我給淹死。」

「或許我應該這樣做才對。」他邊說邊遞一條毛巾給她。

她坐上藍綠色的皮革椅墊，這是彩通知名色票的海水藍，也是這艘快艇的名稱由來。

「這待客之道真了不起！」她嚷著，一面擦拭頭髮、脖子和手臂。

納森來到她身邊。

「約在這裡太不明智了。我不得不違反禁航令，開船過來。」

瑪蒂德雙手一攤。

「你來了，就代表你對我的故事很好奇！真相是有代價的！」

納森很不爽。

「妳覺得這樣很好玩嗎？」他問道。

「好了，你究竟想不想知道故事的後續？」

「妳以為我會求妳嗎！其實根本不是我想聽妳說，是妳想說給我聽吧？」

「很好。那就隨你的意。」

她作勢要跳進海裡，但他捉住她的手臂。

「別再耍孩子氣了！告訴我那台相機的照片拍了什麼。」

瑪蒂德拿起放在椅上的防水套，滑開手機，打開照片檢閱程式，將螢幕亮度調至最亮，點了一些照片讓納森看。

「這是最後拍的那批照片，二〇〇〇年七月拍的。」

納森滑著螢幕看那些照片。這正是他預料中的照片，兩名小混混弄丟相機之前拍攝的夏威夷假期照片：艾波琳和卡辛在海灘上、艾波琳和卡辛熱烈纏綿、艾波琳和卡辛喝得爛醉、艾波琳和卡辛正在潛水。

瑪蒂德讓他看的其他照片，拍攝時間比較早一點，比夏威夷的照片早一個月。納森輪番檢視，這些相片宛如一記上勾拳，擊在他的胃上。照片中是一家三口，正在慶生。一名男子，一名女子，和他們十歲出頭的兒子。時值春天，他們在陽台上用過晚餐，夜幕即將降臨，但天色依舊緋紅。在他們身後，看得見樹木和後面的巴黎屋頂，甚至能看見艾菲爾鐵塔的輪廓。

「你仔細看這個小男孩。」瑪蒂德選了一張特寫照片，用溫柔的聲音要求他。

納森掩住直射螢幕的陽光，盯著男孩的照片看。他的臉很淘氣，紅色鏡框眼鏡後面的雙眼閃著光芒，頂著一頭凌亂的金髮，臉頰上亂塗著法國國旗。他身上穿的是法國足球隊的藍色球衣，伸出兩隻手指比著勝利的手勢。他看起來很溫和，很可愛，很詼諧。

「你知道他叫什麼名字嗎？」她問他。

納森搖搖頭。

「他名叫提奧，」她說，「提奧・韋赫訥。那天晚上，他和家人慶祝他的十一歲生日。那是二〇〇〇年六月十一日，星期日，法國足球隊在歐洲盃的第一場比賽。」

「妳為什麼讓我看這個？」

「你知道他發生了什麼事嗎？這天晚上，拍完這張照片大約三小時後，提奧就被槍殺了。一顆子彈正中背部。」

4

納森沒有什麼特別反應。他滑著螢幕，想更認真地檢視男孩父母的照片。父親正值四十壯年，雙眼炯炯有神，臉孔曬成古銅色，下顎看來意志堅決，整個人表現出一種自信，似乎亟欲付諸行動、勇往直前。男孩的母親是個美人，紮著非常講究的髮髻，坐得比較後面。

「你知道我說的是誰嗎？」

「我知道，韋赫訥一家。當年這起案件引起太多討論，所以我到現在還記得。」

「具體來說，你記得什麼？」

納森瞇起雙眼，搔搔剛長出來的鬍子。

「亞歷山德・韋赫訥是個偏左派的知名人道主義醫生，他是第二波遠赴海外進行救援的法國醫生之一。他寫過幾本書，有時也會上媒體談論生物倫理學或人道干涉。在我記憶中，他正好是在大眾真的開始認識他時，和他的太太、兒子一起在家中被殺害。」

「他的太太名叫索菲亞。」瑪蒂德指出。

「這我就不記得了。」他邊說邊走遠，「但我記得很清楚，震驚所有人的是這起謀殺案的事發情況。兇手闖入韋赫訥家的公寓，殺害全家，而調查單位始終未能找出犯案動機，也查不出兇手的名字。」

「關於動機，一般都始終認為是竊盜，」瑪蒂德邊說明邊靠近快艇的船首，「屋裡消失的財物包括高級手錶和珠寶，還有……一台相機。」

納森開始懂了。

「所以這就是妳的假設，妳覺得這些照片讓妳找到韋赫訥滅門血案的兇手？妳認為艾波琳・沙碧和卡辛・阿姆罕尼殺害了韋赫訥一家，目的只為了劫財？妳覺得他們只為了搶幾個小玩意，就殺了一個小孩？」

「聽起來不是很有道理嗎？那天晚上，同一棟大樓裡有另一樁闖空門竊案，就在韋赫訥家樓上，或許第二樁搶案擦槍走火了。」

納森非常火大。

「我們兩個人不可能現在重新調查這起案件！」

「為什麼不可能？艾波琳和卡辛當年犯下一大堆搶案，卡辛吸毒吸到骨子裡，他們無時無刻不需要錢。」

「從夏威夷的照片看來，我不覺得他吸毒吸很兇。」

「如果不是用偷的，他們怎麼可能拿到這台相機？」

「妳聽好，我才不在乎這件事，也看不出這和我有何關連。」

「艾波琳的屍體被人發現釘在一棵樹上，離這裡只有一公里左右！你看不出韋赫訥案件正在這座島嶼重新上演嗎？」

「那妳想要我做什麼？」

「我要你寫下這個故事的結局。」

納森的滿腔怒意終於迸發出來：

「告訴我！回頭攪和這樁陳年舊案到底哪裡讓妳覺得爽？就因為有個阿拉巴馬鄉巴佬用電子郵件寄了一些老照片給妳，妳就覺得自己身負重任？」

「當然！因為我很喜歡人。」

他誇張地模仿她：

「『我很喜歡人。』胡說八道！妳有沒有聽過自己講話是什麼德性？」

瑪蒂德反擊：

「我的意思是，我對同類的遭遇無法無動於衷。」

納森開始在船上走來走去。

「這樣的話，妳就去寫些文章，點醒妳的『同類』，要他們關注氣候變遷、海洋資源的枯竭、野生動物滅絕、生物多樣性被破壞。要他們提防、對抗資訊操控的禍患。在妳的報導中重新放進脈絡，保持距離，加進觀點。去報導公立學校或醫院的經營危機，報導跨國大企業的帝國主義，報導監獄的現況……」

「好了，納森，我懂了。感謝你為我上了一堂新聞課。」

「總之，寫點有用的主題吧！」

「將正義還給死者，這是有用的主題。」

他突然站定，威脅地用食指指著她。

「死者已經死了。相信我，以他們現在的處境，他們才不會在乎妳的什麼報導。而我，這個案件我一行都不會寫，**永遠**不會寫。什麼案件都一樣。」

納森受夠了，他走遠坐上船長席，坐在形狀和新藝綜合體的寬螢幕如出一轍的擋風玻璃後面，看地平線看得出神，彷彿極度渴望自己置身於幾千公里之外。

瑪蒂德再度反擊，將她的手機貼近他的鼻尖，螢幕上是提奧．韋赫訥的照片。

「找出殺了三個人包括一名孩童的兇手，你反應這麼冷淡？」

「沒錯，因為我不是條子！妳想重新偵查這起已經將近二十年的舊案？妳憑什麼？就我所知，妳並不是法官？」

他作勢用手掌拍打前額。

「噢對，我忘了，妳是記者。這更糟！」

瑪蒂德無視他的攻擊。

「我要你幫我解開這件事的謎團。」

「我討厭妳這可悲的做事方法，也痛恨妳所代表的一切。妳趁我處於脆弱狀態的時候，綁架我的狗來接近我。妳會付出代價的，我痛恨像妳這樣的人。」

「這一點，我應該已經很瞭解了。你能不能暫時不要一直講你的小狗狗！我現在和你聊的是一個孩子。這個小男孩若是你的孩子，你一定會想知道是誰殺了他。」

「這個理由不成立。我沒有小孩。」

「當然沒有，你誰都不愛！噢不，你愛你筆下的人物，那些直接從你心裡蹦出來的小紙人。和他們相處一定舒服多了。」

她拍打前額。

「啊，不對！連小紙人都沒有了！因為我們偉大的作家先生已經決定不再寫作了。連購物清單都不寫，是這樣沒錯吧？」

「滾開，妳這個白痴，給我滾！」

瑪蒂德絲毫不動。

「我的工作和你不一樣，我的工作是揭發真相。你不瞭解我。我一定會辦到。我會堅持到底。」

「妳想怎樣就怎樣，不關我的屁事，但妳永遠不要再來我家附近晃盪了。」

現在輪到她用食指指著他威脅道：

「噢，我會回來的，我說到做到。我會回來，而且，下一次，你就**不得不**幫我為這個故事做個結尾。下次，你就不得不去面對你的……你是怎麼說的？噢對，你的**不可言說的真實**。」

這次納森爆發了，他撲向瑪蒂德。船身搖晃起來，她尖叫一聲，他使出全身力量將她舉起來，把她和她的手機一起拋進海中。

暴怒的他發動 Riva 快艇，朝著「南十字星」駛去。

08

每個人都是影子

一個人……就是一道影子，永遠無法參透，……而我們能夠如此逼真地想像，愛恨輪番在影子當中閃耀。

——馬塞爾．普魯斯特

1

我在寇琳．登巴爾的小屋中經歷了一場驚心動魄的探險，並和小麥克斯正面對決，獲得勝利。凱旋之後，我回到城裡，在「惡之划」酒館找張桌子窩著。我避開人來人往的廣場，坐在室內，從我的位子可以透過窗戶看見海面。我點了杯熱巧克力，一讀再讀那些從瑪蒂德房裡偷來的信件。這些信都是同一個人寫的，當我認出那是納森・弗勒斯纖細而傾斜的字跡時，我的心狂跳起來。我毫不懷疑這就是他的字跡，因為他的小說手寫稿已捐贈給紐約市立圖書館，我在網路上看過好幾份掃描檔。

信件共有二十幾封，都是情書，寫信的地點是巴黎或紐約，但沒有信封。其中只有幾封有標示日期，最早的是一九九八年四月，最晚的是同年十二月。這些信全都署名「納森」，寫給一位姓名不詳的神祕女子。多數的信都以「我的愛」開頭，但弗勒斯在一封信中稱她為 S，代表這是她名字的第一個字母。

讀這些信時，我暫停了好幾次。我真的可以在未經許可之下閱讀這些信，進入弗勒斯的私密領域而絲毫不用負責嗎？我整個內心都高喊著：不行！我沒有這個權利！但我的好奇心還是戰勝了這場道德困境，這份書簡太特別、太令人著迷了。

這些信件極富文學性，也充滿情感，信中描繪的是一名感性、熱情、充滿生命力的女子，也勾勒出一名瘋狂愛著她的男子。當時弗勒斯顯然和她分離兩地，但我從信中看不出是什麼阻礙了這對情人，使他們無法更常見面。

綜觀全貌，這批書信構成一組風格混雜的藝術作品，揉合了古典的書信體文學、詩歌、敘事，配上精美的赭色調漸層水彩小插圖。這些信不算是對話，不是那種交代日常流水帳、描述上一餐吃了什麼的信件，而是一種對生命的禮讚，讚頌著愛情——儘管因不能相見而痛苦，儘管世界如此瘋狂，儘管烽火綿延，都阻擋不了愛情。戰爭是這些信中四處可見的主題：爭鬥、分裂、壓迫，但很難讀懂弗勒斯指的是當時正在進行的某起武裝衝突，抑或只是一種隱喻。

至於風格方面，這些文字充滿閃耀的光輝，用詞大膽，有許多關於聖經的影射。這是納森．弗勒斯寫作風格的嶄新面向，文中的音樂性讓我聯想阿拉貢寫給愛爾莎．特奧萊的一些詩句，或是紀堯姆．阿波利奈爾書寫戰爭的詩作。某些段落的強度使我想到吉樂哈格的《葡萄牙修女的情書》。這些文字的形式如此完美，甚至使我不禁猜想，這些信函會不會單單只是寫作練習？S這個人真的存在嗎？她會不會只是一個象徵？或許S只是一種概念，能讓所有戀愛中的人都覺得，S指的就是自己的戀愛對象。

然而，再讀一次之後，這揣測便消失無蹤。不對，所有文字都流露一片真心，充滿私密感，洋溢著希望與狂熱，並對未來有許多計畫，儘管某些段落瀰漫著潛在的威脅感，籠罩了這股奔放的熱情。

讀第三次時，我作出另一個假設：S 生病了。信中談的戰爭，指的是這名女子對抗病魔的奮戰。然而，自然風景與氣象因素也在這些信中扮演了重要的角色。兩組風景相互對照，既是實際寫景，亦是詩意抒情。弗勒斯這邊是豔陽、是南方的陽光，不然就是紐約的鐵藍色天空。至於 S 那邊則悲傷得多。山脈，沉重的天空，刺骨冰寒，「過早降臨的夜，落在狼的國度」。

我看看手機顯示的時間。我和奧狄伯講好今天上午請假，但下午兩點得回去工作。我按照信件寫作的先後順序再讀最後一次，想到一個問題：還有其它信件嗎？抑或發生了什麼事，導致這場既激情又充滿智識共鳴的愛情驟然結束？我尤其想知道，是怎樣的一名女子，激發出弗勒斯如此熾熱的情感。關於他的報導我幾乎全都讀過，但就連他還會接受媒體訪問的當年，他也幾乎從未提過他的私生活。我突然想到：弗勒斯會不會是同性戀？這些信中描述的「金髮天使」S，會不會是個男人？不對，這個假設不成立，因為信中許多文法細節都指出 S 是一名女性。

手機在桌上震動，螢幕上出現一個小紅點，顯示拉孚西剛發表一系列推特推文，轉述他聽見的消息。調查人員得知艾波琳和卡辛之間的關係後，將偵查行動擴大至艾松省一帶，打算訊問卡辛。埃夫里市分隊的司法警察前往卡辛位於該市雲杉區的家，但他不在。不僅如此，卡辛的鄰居還表示，他們已經將近兩個月沒有他的消息了。卡辛的修車廠員工也沒有他的消息，但因為這些人沒有一個喜歡條子，所以沒人去通報他失蹤了。拉孚西的最後一則推特指出，警方搜查卡辛的住宅時，在屋內發現大量血跡，目前正在進行化驗。

我將這令人焦慮的消息記在腦中某個角落，再度將注意力轉回弗勒斯的信件上。我小心地將信收進夾克口袋，起身走去書店。這次潛進瑪蒂德・墨妮家中，我收穫良多。我現在擁有關於弗勒斯生平的一份素材，知道這批信存在的人少之又少，而我是其中之一。這批出自傳奇作家筆下的信件是一份超乎尋常的檔案，毫無疑問會在出版界投下一顆震撼彈。一九九〇年代末，就在納森・弗勒斯宣告永久退出文壇之前沒多久，他經歷了一場熱戀，這份愛情奪走一切，將沿途所有事物都燃燒殆盡。然而，一件無人知曉的傷心事件讓這段戀情告終，使作家心碎，自此之後，納森・弗勒斯便將人生放在一邊，停止寫作，大概也永永遠遠地緊閉了心門。

這一切都指出，這名女子——這名**金髮天使**，就是解開弗勒斯之謎的關鍵，就是他不為人知的陰暗面。

他的**玫瑰花蕾**[1]。

他要我去調查瑪蒂德，是為了拿回這些信、守住他的祕密嗎？瑪蒂德是怎麼拿到這些信的？而且，她為何將信藏在牆腳板後面，像藏鈔票或毒品一樣？

2

「納森！納森！醒醒啊！」

此時是晚上九點，「南十字星」陷在黑暗之中，一片全然的黑。按了十分鐘門鈴始終無人應答之後，我決定攀爬圍牆。我在黑夜中幾乎是摸索著前進，不敢拿出手機啟動手電筒功能。我戰戰兢兢，覺得那隻黃金獵犬會撲過來攻擊我——今天我已經受夠這些狗了。然而，這隻老「奔哥」看到我卻像看到救星一樣，牠將我帶到倒臥在陽台地上的主人身邊。弗勒斯倒在石板地上，像胎兒一樣蜷縮著，身邊放著一支空了的威士忌酒瓶。

1 譯注：奧森・威爾斯（Orson Welles，1915-1985）導演的電影《大國民》（*Citizen Kane*，1941）主角臨終時的謎樣遺言，關於主角一生的祕密關鍵字。

他顯然醉得很厲害。

「納森!納森!」我搖晃著他大叫。

我把室外所有燈光都點亮,然後回到他身邊。他的呼吸很沉重,而且非常不穩定。我漸漸成功讓他恢復意識,不斷在他臉上流口水的奔哥也幫了不少忙。

弗勒斯終於站起身來。

「您還好嗎?」

「還好,」他用前臂擦著臉說,「你來這裡幹嘛?」

「我帶消息來給您。」

他揉著太陽穴和雙眼。

「頭真是他媽的痛。」

我撿起空酒瓶。

「灌了這麼多,也難怪會頭痛。」

這是日本的傳奇名酒「薔薇庭園」,在弗勒斯每本小說中都出現過。「薔薇庭園」在一九八〇年代停產,市面僅存的數量極度稀少,導致最後這批酒的價格直衝九霄雲外。拿這樣的美酒來喝個爛醉,真是太浪費了!

「告訴我，你在那個記者家裡找到什麼？」

「您最好先去沖個澡。」

他張開嘴巴打算叫我去吃屎，但理智還是戰勝了他。

「或許你說得沒錯。」

我趁他去浴室時探勘客廳。我還是不敢相信，自己竟然置身於弗勒斯的私人空間。和他有關的一切彷彿都顯得很莊嚴。南十字星對我而言有種無法參透而又神祕的氛圍，像阿里巴巴的洞穴，也像柏拉圖的洞穴。

初次造訪時，有一件事讓我印象深刻，就是這裡沒有照片也沒有紀念品，完全缺少這類能將一個場所和往事連結的物件。這屋子的氣氛一點也不冰冷，只是缺了點個人特色。唯一一件比較突發奇想的物品，是一台跑車的汽車模型。銀色的保時捷９１１，車身兩側是紅藍雙色條紋。我曾在一本美國雜誌中讀到，弗勒斯在一九九〇年代買了一台一模一樣的車。這款式是保時捷於一九七五年為樂團指揮家海伯特·馮·卡拉揚量身訂製的特別款。

參觀完客廳之後，我查看廚房，打開冰箱和櫃子。我泡了茶，做了歐姆蛋、烤土司和生菜沙拉。做菜的同時，我試著用手機看看調查有沒有新進展，但收訊訊號的每一格都完完全全地空空蕩蕩。

流理台上的瓦斯爐旁，放著一台古董電晶體收音機，和我爺爺以前用的收音機一樣。開啟那台收音機，傳出來的廣播是古典音樂，我轉動鋸齒邊緣的塑膠圓鈕，試著收聽新聞電台。轉到RTL廣播電台時，很不巧，晚上九點開始的新聞節目已經快播報完畢了。

弗勒斯走進廚房時，我正拚命地試圖轉到法國新聞廣播電台。

他換了衣服，身上穿著白襯衫和牛仔褲，戴著玳瑁小框眼鏡，看起來年輕了十歲，彷彿剛睡了八小時一樣精神煥發。

「您這年紀應該少喝點酒。」

「閉嘴。」

但他還是點頭謝謝我做了晚餐。他拿出餐具和兩個盤子，面對面擺在吧台上。

「柏夢島命案出現新進展……」收音機裡的聲音這樣宣布。

我們湊近聆聽。新消息其實有兩則，第一則非常令人驚訝。埃夫里市的司法警察接獲匿名人士舉報之後，在塞納爾森林某處尋獲了卡辛．阿姆罕尼的遺體。屍體腐壞的程度顯示他已經死亡很久了。艾波琳．沙碧的謀殺案突然變成一起更加錯綜複雜的案件，但以媒體的邏輯來看，這起案件反而因此失去了它的獨特性，如今案件全貌變得比較普通（涉及搶案、巴黎郊區犯罪問題……），少了異國情調。這起案件就這樣轉移陣地，從「柏夢島事件」變成「阿姆罕尼事件」，至少目前是如此。

第二個新消息正符合這項新發展：海軍軍區司令終於決定解除柏夢島的禁航令。根據法國新聞廣播電台的情報，從明天早上七點開始，船舶便能復航。弗勒斯看來似乎對這些新消息沒什麼特別感覺，方才讓他喝個爛醉的崩潰狀態已經過去了。他吃了他那份歐姆蛋，邊吃邊對我述說今天下午他和瑪蒂德之間的對話，我聽得非常著迷。韋赫訥命案發生時我還很小，一點都不記得這起案件，但我似乎在那些回顧知名社會新聞的廣播或電視節目上聽過。我很自私地把這件事視為絕佳的小說素材，但我不懂弗勒斯怎麼會這麼心煩意亂。

「就是這件事把您搞成這樣？」

「你在說什麼？」

「我在說，您喝了一個下午的威士忌，把自己搞成這樣。」

「別再聊這些超出你理解範圍的事了，告訴我，你在瑪蒂德・墨妮那邊發現了什麼？」

3

出於謹慎，我先從瑪蒂德似乎正在進行的調查開始說起：先說她調查了卡辛·阿姆罕尼，再說她正在調查弗勒斯。我講到鞋子的事時，他看來真的非常訝異。

「這女的瘋了……你發現的就只有這樣？」

「不只這些，但我怕接下來的事您聽了會不開心。」

我激起了他的好奇心，但我一點也不得意，因為我知道這件事會讓他痛苦。

「瑪蒂德·墨妮那邊有一些信。」

「什麼信？」

「您寫的信。」

「我從來沒有寫過什麼信給她！」

「不是寫給她的。納森，那是您二十年前寫給另一個女人的信。」

我從夾克口袋中拿出那疊信件，放在他面前的盤子旁邊。

一開始，他看著那些紙張，無法完全意識到這是真的。過了一段時間，他才敢攤開那些信。又過了更長一段時間，他才開始讀那些信的頭幾行。他的神情哀慟，不只是目瞪口呆而已，是真的宛如看見鬼魅出現一樣。漸漸地，他將驚慌之情壓抑下來，重新裝出鎮定的樣子。

「你讀了嗎？」

「很抱歉，但我讀了。我不後悔。這些信寫得太美了。您應該授權出版這些信。」

「我想你該走了。哈法葉，感謝你做的這一切。」

他的聲音聽起來像死了一樣。他起身送我出去，但他甚至沒走到門口，只隨便揮了個手打發我走。我站在門口，看見他以沉重的腳步走向酒櫃，再度給自己倒了滿滿一杯威士忌，然後坐進扶手椅。他的目光變得混濁，心思飄到別處，困在由往事與痛苦回憶構成的錯綜複雜迷宮之中。我不能放任不管。

「等等，納森，您今晚已經喝夠多了！」我走回屋裡說。

我在他面前站定，拿走他的酒杯。

「不要管我！」

「與其喝酒逃避，不如試著瞭解發生了什麼事。」

弗勒斯不習慣別人指點他的行為，他想從我手中搶回酒杯，但我堅持不放手，結果杯子滑出去，在地上摔破了。

我們兩個像白痴一樣看著對方。真是蠢斃了……

拒絕丟臉的弗勒斯拿起威士忌酒瓶，直接對著瓶口喝了一大口。

他走了幾步去打開落地窗，放奔哥進屋，自己則走到屋外，坐在陽台的藤椅上。

「瑪蒂德・墨妮是怎麼拿到這些信的？太無法想像了。」他說。

他臉上的驚愕，已經轉為憂慮。

「納森，您寫信的對象，這名女子是誰？」我去外面找他問道，「S 是誰？」

「我愛過的一個女人。」

「我想也是，但她怎麼了？」

「她死了。」

「我感到很遺憾，真的。」

我坐進他旁邊的一張扶手椅。

「二十年前，有人冷酷無情地把她殺了。」

「是誰殺的？」

「世上最爛的混蛋。」

「而您因此不再寫作？」

「對，雖然我沒深入解釋，但我今早已經對你說過，我被悲傷擊倒了。我停筆，是因為我再也找不回寫作所需要的精神一致性。」

他看著地平線，彷彿朝遠方尋求解答。夜裡，當海面在滿月之下閃耀時，這地方變得更如夢似幻。置身此處，會覺得獨自坐擁浩瀚世界。

「停筆是個錯誤的決定，」他再度開口，彷彿突然頓悟，「寫作能架構你的人生和你的思緒，最後往往能將生命的混沌理出秩序。」

有個問題在我腦中縈繞，已經一陣子了。

「您為什麼從未搬離這棟屋子？」

弗勒斯嘆了一口長長的氣。

「我是為了這個女人而買下『南十字星』的。她愛上我時，也同時愛上這座島嶼。留在這裡，等於是留在她身邊，或許吧。」

我還有上千個問題巴不得能問弗勒斯，但他不給我機會發問。

「我開車載你回去。」他跳起來說。

「沒必要，我有電動腳踏車。您好好休息吧。」

「隨你的意。哈法葉，聽我說，你得繼續深入追查瑪蒂德·墨妮的動機是什麼，我無法解釋為什麼，但我感覺得到，她在說謊。我們一定忽略了什麼事。」

他把他那瓶「薔薇庭園」遞給我，這瓶酒的價格大概是我一年的房租。我在上路前，直接就瓶口喝了一大口。

「您為什麼不把事情全部告訴我？」

「因為我還不知道真相是什麼，也因為無知就像是一種保護盾。」

「這是您會說的話？無知勝過知識？」

「我不是這樣說的，這點你心知肚明。但是，相信我的經驗：有時候，不知道比較好。」

09

屬於我們這邊的死

生命的傷口是無法癒合的。我們不斷描述它們，期望能夠建造一個故事，藉由故事來將它徹底弄清楚。

——馬塞爾・普魯斯特

1

二〇一八年十月十一日，星期四

清晨六點，天還沒亮，我大大敞開書店的門，讓店裡空氣流通。我看著辦公桌旁那個裝咖啡粉的鐵盒，盒底空了。不得不承認，我徹夜認真研究時，喝了十幾杯咖啡。奧狄伯那台舊印表機也即將掛點，我用掉庫存的最後一顆墨水匣，將搜尋到的新發現中最重要的部分留下書面記錄，並將印出來的資料與相片釘在書店的軟木告示板上。

整個夜晚，我在一個又一個網站上流連，尋找關於韋赫訥命案的資訊。我查閱了一些大報的數位化舊報紙，下載了幾本電子書，聽了十幾段Podcasts的片段。韋赫訥命案很容易讓人沉迷，像病毒一樣有感染力。這起事件十足悲劇，但也非常吸引人。我本來以為自己很快就能作出假設並堅信不移，但我在這事件中沉浸了一整夜之後，依舊困惑不已。這起社會新聞有幾點讓人非常困擾，其中一項，是警方始終未能查出殺害韋赫訥一家的兇手是誰，但這起案件明明不是那種七〇年代在鄉下發生的冷僻陳年舊案，而是發生在二十一世紀初、在巴黎市內的一場貨真價實的殺戮。被殺害的是一名公眾人物和他的家人，而負責偵查的是法國最優秀的警察。這不像克勞德・夏布洛的電影，比較像昆汀・塔倫提諾。

我算過了，事發當時我六歲，所以一點都不記得當時的新聞。但我很肯定，我後來大概是在學生時期約略聽過這起案件，想必是在電視節目《被告請進棚》或電台節目《犯罪時刻》上聽見的。

亞歷山德．韋赫訥是一名醫生，一九五四年生於阿爾克伊市，專長是胸腔和腹腔手術。高中時，他在六八年五月學運帶動的世代影響下開始發展政治意識，結識一批米歇爾．羅卡爾的年輕信奉者，並加入社會黨。結束學業後，他先在薩爾佩替耶醫院工作，然後進科欽醫院工作。他將投身政治的理念轉化為投身人道救援的實踐。在那個年代，幾名在非政府組織、人道援助與政界之間活動的知名人士都有過類似歷程。一九八〇與九〇年代，亞歷山德．韋赫訥隨著世界醫生組織與法國紅十字會出任務，當時正在上演戰事的國家他幾乎都去過了：衣索比亞、阿富汗、索馬利亞、盧安達、波士尼亞……一九九七年，社會黨在國民議會選舉中勝出之後，法國合作部的國務祕書團隊任命韋赫訥擔任公共衛生顧問，但這份職務他只做了幾個月便寧願回到戰事現場，尤其在科索沃待了一段時間。他在一九九九年底回到法國，成為巴黎公立醫院集團旗下外科醫學院的校長。除了醫療工作之外，他也寫過幾本知名的嚴肅書籍，探討諸如生物倫理學、國際干涉權、社會排斥這類主題。韋赫訥是深受敬重的知名人道主義者，也是媒體寵兒，因他善辯的口條與好戰的一面而深受媒體喜愛。

2

事件發生於二〇〇〇年六月十一日，法國足球隊在歐洲冠軍盃踢第一場球賽那天的晚上。當晚，亞歷山德和他的太太索菲亞一起為兒子提奧慶祝十一歲生日。索菲亞是口腔外科醫生，她的診所位在侯榭街，是巴黎生意最興隆的牙醫診所之一。韋赫訥一家住在巴黎十六區的美居大道上，一戶極為華美的公寓裡。建築是一九三〇年代的建物，公寓位於三樓，優美的景致可看見艾菲爾鐵塔與拉內爾拉格花園。剛在網路上看到提奧的照片時，我有點混亂，因為他讓我想起我自己在這個年紀時的樣子：開朗的臉，門牙有牙縫，蓬亂的金髮和彩色的圓框眼鏡。

事發十八年之後，詳細的案發經過依舊眾說紛紜。有哪些線索是肯定的？我們知道警方接獲韋赫訥家隔壁房子的鄰居打電話報警之後，在午夜零時十五分左右抵達韋赫訥家。公寓的門是開著的。警察在距門口不遠處跨過亞歷山德．韋赫訥的屍體，他橫倒在地上，臉部被近距離開槍的子彈轟得稀爛。他的太太索菲亞心臟正中一槍，倒在稍遠一點的廚房門口。提奧則是背部中彈被槍殺，倒在走廊上。最原始的恐怖。

這起殺戮是幾點發生的？應該是晚上十一點四十五分左右。亞歷山德在晚上十一點半打電話給他的父親，向他報告球賽結果（席丹時期的法國隊以三比零戰勝丹麥），通話於十一點三十八分結束。二十分鐘後，鄰居報了警。根據這名鄰居的說法，他之所以沒有立刻報警，是因為當時在慶祝贏球的歡樂氣氛之下，他認為自己應該是誤將槍聲和鞭炮聲混淆了。

偵查幾乎沒有進展。亞歷山德的父親派提斯・韋赫訥曾是參與指揮巴黎司法警察的高階警官，案發時他仍是內政部的高級官員。調查沒有太大收穫，只指出當晚同一幢建築的頂樓四樓被闖空門，已退休的屋主當時人在南法。調查人員亦發現索菲亞・韋赫訥的珠寶不見了，而她丈夫收藏的錶亦消失無蹤。有些左派雖是左派，卻毫不難為情地擁戴勞力士，亞歷山德亦是其中之一。他收藏了不少昂貴的潛水表，其中包括一支估價超過五十萬法郎的「保羅紐曼」熊貓迪通拿款。

公寓樓下大門設有監視錄影機，但未能起作用，因為錄影機鏡頭被移開了，只錄到入口大廳的牆壁。沒人能肯定這是蓄意人為，抑或只是不小心，也無從知曉它是在事發幾小時前才被挪開，抑或已經好幾天了。彈道鑑定人員查出兇手使用的武器種類是膛線式泵動步槍，使用的子彈是最常見的十二毫米口徑子彈，但並未尋獲凶器。經過彈殼分析之後，亦未能查出和其他案件凶器相符的相關資料。DNA鑑定的結果也一樣，除了韋赫訥一家人的DNA之外，其他都無法在已建檔的資料中找到符合檔案。這就是全部的調查結果，大致就是如此。

查閱這些檔案時，我領悟到一件事：關於艾波琳．沙碧和卡辛．阿姆罕尼在韋赫訥命案中可能扮演的角色，我是少數幾個率先知情的人。這情節如白紙黑字一樣必然：卡辛和艾波琳這兩個小流氓先是進入四樓的退休老人家中闖空門，接著去樓下公寓行竊。或許他們以為韋赫訥一家人不在家裡，但卻不然，他們嚇了一跳，卡辛或艾波琳在慌亂之下開槍——一具屍體、兩具屍體、三具屍體。然後他們偷走了錶、珠寶和相機。

這假設很站得住腳。我讀過的每一篇關於「史達林格勒廣場的鴛鴦大盜」的報導都指出，卡辛是個暴力的人。行搶那間附設賽馬投注站的酒吧時，他毫不猶豫對店長開槍。沒錯，那只是BB槍，但可憐的店長還是因此瞎了一隻眼。

我在椅子上伸懶腰，打了個呵欠。再聽一段Podcast，聽完我就去洗澡：France Inter電台的廣播節目《敏感案件》，有一集專門討論韋赫訥命案。我試著用電腦播放該節目，瀏覽器卻一直轉圈圈。

他媽的，網路又掛了……

這屋裡總是有這問題，得經常上樓重新啟動數據機。問題是現在才早上六點，我不想吵醒奧狄伯。但最終我還是決定冒這個險，躡手躡腳爬上樓梯。樓上房門半掩，奧狄伯正呼呼大睡。我在客廳中啟動手機的手電筒功能，盡可能靜悄悄地走近放置數據機的櫥櫃，關掉那台裝置再重新開啟，然後撤退，努力不讓地板發出嘎吱聲。

一陣顫慄。我已經來過這裡很多次，但奇怪的是，在半明半暗之間，這空間展現出一種嶄新的面貌。我用手電筒照亮書架。在七星文庫精裝書和以保羅・波納特與馬里奧・普拉西諾斯的作品作封面的限量典藏書系旁邊，放著幾個木製相框。是一陣直覺嗎？還是一種預感？抑或基於好奇？我走近那些相框，端詳框中的家庭照片。最先映入眼簾的，是奧狄伯和他的妻子安妮塔的照片。第一次和奧狄伯交談時，他就告訴過我，安妮塔兩年前因癌症過世了。照片中，是這對夫婦在生命各個不同時期的樣子。一九六〇年代中期的婚禮。不久後，懷裡便抱著一個嬰兒。在另一張照片中，嬰兒成長為一名正在賭氣的青春前期少女。一九八〇年代初，夫妻倆笑容滿面在一台雪鐵龍ＢＸ汽車前面合照。十年後，一趟希臘之旅。九一一事件之前的紐約之旅。這樣的幸福時光，總在一切都消逝之後才顯得珍貴。然而，讓我毛骨悚然的，是最後兩個相框。兩張家族合照，我在其中認出其他臉孔。

亞歷山德、索菲亞、還有提奧・韋赫訥的臉。

以及瑪蒂德・墨妮的臉。

3

電話鈴聲將納森・弗勒斯從斷斷續續的痛苦睡眠中喚醒。他在扶手椅上睡著了，奔哥就在他腳邊。他打個呵欠，困難地站起身來，步履維艱走到電話前。

「喂？」

他的聲音有氣無力，簡直像是聲帶在夜裡生鏽了一樣。他的脖子很痲，關節很僵硬，彷彿一點小動作都會讓他的骨架嘎吱作響。

打電話來的是薩賓娜・伯諾瓦，青少年之家媒體中心的前館長。

「納森，我知道現在還很早，但因為你叫我一有消息就立刻打給你……」

「妳做得很好。」他回答。

「我拿到了曾經出席你的座談會的學生名單。事實上，你來辦過兩次活動，一次是一九九八年三月二十日，另一次是同一年的六月二十四日。」

「然後呢？」

「參加的人當中，沒有一個人叫做瑪蒂德・墨妮。」

納森邊按摩眼皮邊嘆了口氣。她為什麼要對他說這個謊？

「出席名單中的唯一一個瑪蒂德，名叫瑪蒂德・韋赫訥。」

納森全身一陣顫慄。

「她是可憐的韋赫訥醫生的女兒，」薩賓娜繼續說下去，「我記得很清楚，她很漂亮，個性很拘謹，很敏感，很聰明……當年，誰會想到這樣的慘事會發生在她身上……」

4

瑪蒂德是亞歷山德・韋赫訥的女兒，也是格雷古瓦・奧狄伯的外孫女！這個新發現緊緊攫住了我，讓我在黑夜之中呆站一分多鐘，動彈不得，彷若粉身碎骨，全身都起了雞皮疙瘩。

我得知道更多線索才行。我在書架最高處找到四本厚厚的布面相簿，依照年代分冊。我盤腿坐在地上，開始在手機的手電筒燈光下翻閱相本，觀看照片，瀏覽相片註解。我從中得知的重點，主要是幾個日期。安妮塔與格雷古瓦．奧狄伯的獨生女索菲亞出生於一九六二年，她在一九八二年嫁給亞歷山德．韋赫訥，兩人生下了瑪蒂德和提奧，姊弟兩人在孩提時期經常來柏夢島度假。

我和納森怎麼會沒發現這件事？我不覺得自己讀過的那些報導曾經提及瑪蒂德的存在。既然手機就在手上，我直接在谷歌首頁鍵入關鍵字確認這件事。《快報》週刊二〇〇〇年七月刊登的一篇可自由瀏覽的報導指出，「韋赫訥夫婦的十六歲長女事發當晚並不在家，因為她在諾曼第的朋友家中溫書，準備法文會考。」

我腦中湧現一大堆假設，感覺自己剛在這起調查中跨出決定性的一步，但依舊摸不清這些新發現引出的整體全貌。我猶豫著，現在應該撤退了。從我這邊，能聽見睡在隔壁房間的奧狄伯正在打呼，打呼聲非常規律。或許我已經幸運尋獲所有能在這裡找到的線索，然而，也可能還有其他祕密尚未揭穿。我冒險朝奧狄伯房內瞥了一眼，他的房間幾乎像是修道院，簡直是苦行僧居住的地方。床邊有張小書桌靠牆擺著，上面放了一台筆記型電腦，這是整間房間對現代社會的唯一妥協。亢奮讓我忘了謹慎，引我一腳踏入險境。我**必須**知道更多才行。我靠近桌子，幾乎不由自主，感覺自己的手正在拿走那台電腦。

5

回到一樓後，我趕緊查看電腦的內容。奥狄伯的確不諳最新科技，但他也不像他表現的那麼落伍。他的筆記型電腦是一台很好的老VAIO，二〇〇〇年代末的款式。我幾乎敢肯定，解鎖這台電腦的密碼，一定和書店那台桌上型電腦的密碼一樣。我試了一下，結果證實……確實如此。

硬碟幾乎是空的，我完全不知道自己要找什麼，但我現在確信還有其他線索正等待著我。在電腦桌面寥寥數個文件夾中，沉睡著一份久未更新的書店收支報表。另外還有幾張帳單，一張柏夢島的地形圖，和一些關於艾波琳・沙碧和卡辛・阿姆罕尼過往罪行的新聞報導的PDF檔案。毫無新發現，這些報導我都讀過了。這只代表奥狄伯做過和我一樣的搜尋。我猶豫該不該檢閱他的郵件或訊息記錄。奥狄伯沒有個人的臉書帳號，但他為書店創了一個，不過也已經一年沒更新了。至於電腦裡的相片集，裡面照片不多，但這三組照片的內容卻非常驚人。

首先，是艾波琳・沙碧公司網站的多張螢幕截圖。接下來另一個文件夾中，則是卡辛．阿姆罕尼的照片，用望遠鏡頭在埃夫里市內四處拍攝，和我在瑪蒂德房裡發現的一樣。但讓人驚訝的還不只這些，因為最後一個文件夾裡還有別的照片。我本來以為就是瑪蒂德給弗勒斯看的照片：兩名罪犯的夏威夷之旅，以及提奧．韋赫訥慶生當晚的照片。但是，瑪蒂德給弗勒斯看的照片，顯然只是當晚所有照片的其中一部分。其他照片證實瑪蒂德當時也在場，為弟弟慶祝生日。就在她全家被殺的那天晚上。

我的眼睛刺痛，腦袋嗡嗡作響，感覺太陽穴旁的血管正在狂跳。調查人員怎麼會沒發現這件事？一股詭異的焦慮緊攫住我，我無法將目光從螢幕移開，那螢幕刺痛我的雙眼。照片中，十六歲的瑪蒂德看來是個漂亮的女生，有點脆弱，心不在焉，臉上掛著勉強的笑容，低垂的眼神相當憂鬱。

我心中浮現一些極度瘋狂的假設，其中最悲劇性的，是瑪蒂德或許殺了她的家人。數位相簿中的最後一張照片，也很讓人驚訝。這張照片的拍攝日期是二〇〇〇年五月三日，大概是在五一勞動節的連續假期拍的。照片中，瑪蒂德和提奧兩人，與他們的外公外婆一起在緋紅玫瑰書店前面合影。

關機之前，為了以防萬一，我看了一下資源回收桶。裡面有兩個影片檔，我先將它們還原至桌面，然後複製到我的隨身碟上。我先插上耳機，再開始複製檔案。

那影像讓我毛骨悚然。

6

納森坐在廚房裡，雙肘撐在桌上，雙手抱著頭，思考薩賓娜・伯諾瓦告訴他的事所代表的意義。「墨妮」應該是筆名。瑪蒂德・墨妮其實不是瑞士人，她真正的名字是瑪蒂德・韋赫訥。如果她真的是亞歷山德・韋赫訥的女兒，那麼這幾天島上發生的事都將全面改觀。

由於他對媒體的憎惡，他什麼都沒察覺。瑪蒂德是記者這件事擾亂了他，使他從一開始就被誤導了。事實上，瑪蒂德來柏夢島只有一個簡單的原因：為家人的血案復仇。若說瑪蒂德就是殺害卡辛和艾波琳的兇手，而原因是她認為他們殺了她父母，這個假設而今看來是非常有可能的。

納森腦中浮現十幾個影像，回憶交織著，伴隨著嘶啞的聲音。在漂移的洪流中，有個影像定格不動。昨天瑪蒂德在船上給他看的慶生照片當中，有一張是韋赫訥、他太太和提奧在陽台上的合照，背景是艾菲爾鐵塔。一件明顯的事讓他心驚：這張採用七分身構圖的照片既然存在，就代表按快門的另有其人。這個人很有可能就是瑪蒂德。發生命案的那個晚上，她或許也在家裡。

突然一陣寒意，彷若極地永夜，降臨在納森身上。於是他**全部**都懂了，並察覺自己的處境極度危險。

他隨即起身，走到客廳。最角落用來貯存薪柴的鐵架旁邊，是用橄欖木雕刻的櫃子，他用來放置步槍的地方。打開櫃子時，他發現槍已經不在原位了。有人將他那把槍身飾有庫希多拉的步槍偷走了。槍，這該死的玩意能摧毀一切，是所有不幸的根源。他想起一條寫作老規矩：若一名小說家在故事開頭提到一把槍的存在，這把槍就一定得發射，在故事告終時殺死一名主角。

納森對虛構故事的寫作原則深信不疑，所以他非常肯定，他會死。

就在今天。

7

我開始播放第一支影片。影片長度五分鐘，應該是用手機拍的，拍攝地點看來是一棟房子，或一間小屋。

「求求你！我什麼都不知道……我能說的都說了，除此之外我什麼都不知道！」

卡辛雙手被手銬銬住，雙臂被固定在頭部上方，躺在一張朝向地面傾斜的矮桌上。從他腫脹的臉與流血的嘴唇看來，他應該剛被狂毆一頓。執行這場訊問的高大男子是一個我這輩子從沒見過的傢伙，他留著一頭白髮，魁梧的身材非常驚人，身上穿著格子襯衫和油布外套，頭戴一頂蘇格蘭格子鴨舌帽。

我湊近螢幕，想看清楚他的樣子。他年紀多大?依照他臉上的皺紋和整體外型來判斷的話，至少七十五歲。他頂著個大肚子，導致他走動起來相當不便，但他的力道像蠻牛一樣，所經之處無堅不摧。

「我知道的都已經全說了！」卡辛大吼。

老人一副充耳不聞的樣子。他離開螢幕幾秒鐘，然後拿著一條毛巾回來，將毛巾覆蓋在卡辛臉上。接下來，他像個技巧熟練的拷問者一樣，開始將水倒在那塊布上。

水刑，可悲的刑求伎倆。

影片讓人不忍卒睹。老人繼續倒水，直到卡辛窒息為止。卡辛的身體漸漸僵硬、變形、因抽搐而扭曲。老人終於拿開毛巾時，我還以為卡辛再也不會醒來了。大量白沫混合著水泡和膽汁從他嘴裡湧出，像間歇泉一樣。靜止不動一段時間之後，他開始嘔吐，用微弱的聲音說：

「我……全都告訴你了，幹……」

老人將矮桌放得更斜，對著卡辛的耳朵囁語：

「那麼，你就從頭再說一次。」

卡辛氣喘吁吁，臉上滿是驚駭。

「其他的我什麼都不知道……」

「不然就是我再從頭開始一遍！」

老人再度抓起那條毛巾。

「不要！」卡辛尖叫。

他非常勉強地喘口氣，試著整頓思緒。

「那個夜晚，二〇〇〇年六月十一日那天，我和艾波琳去巴黎十六區美居大道三十九號四樓的有錢老人家裡偷竊。有一條可靠的線索告訴我們，那天他們不會在家。」

「這線索是誰給你的？」

「我忘了，就當時的夥伴。那些老人一定很有錢，但是大部分現金和珠寶應該是鎖在一個鑲在水泥中的保險箱裡。我們帶不走保險箱。」

他說得很快，語氣非常單調，彷彿這件事他已說了無數次。他的嗓音因鼻樑斷裂而變了樣，眼瞼鮮血直流，因血腫而睜不開來。

「我們偷了幾樣東西，一些容易轉賣的玩意。然後，我們正要閃人的時候，聽到幾聲槍響，是從樓下傳來的。」

「幾聲？」

「三聲。我們嚇死了，所以躲進一間房間裡面。我們等了一陣子，既害怕條子馬上就要來了，也害怕那個正在三樓大開殺戒的人。」

「你們沒看見那個人是誰嗎？」

「沒有！我說了，我們嚇得屁滾尿流。我們躲了好幾分鐘，不敢下樓。我們有試過從屋頂離開，但通道上了鎖，所以我們沒有別的辦法，只能走樓梯。」

「之後呢？」

「走到三樓時，艾波琳還是嚇得要死，但我已經好多了。我在老傢伙的房裡吸了一排白粉。我整個嗑茫了，幾乎嗨了。走到公寓門口時，我探頭看看，裡面真的是血肉模糊。到處都是血，地上躺了三具屍體。艾波琳尖叫一聲，去地下停車場那邊等我。」

「別擔心，我們會訊問你女朋友。」

「她不是我女朋友，我們已經十八年沒講過話了。」

「你呢，你在韋赫訥家的公寓裡做了什麼事？」

「我跟你說過，他們都已經死了。我去了客廳，然後去房間，偷了所有能偷的東西：高級名錶、很多現金、珠寶、一台相機……然後下樓和艾波琳會合。幾週後我們跑去夏威夷，我們就是在那裡弄丟這台該死的相機。」

「是啊，真是太蠢了。」老人表示同意。

他嘆一口長長的氣，猛然用手肘重擊卡辛的肋骨。

「最糟的是，那天你弄丟的不只是一台相機，而是你的性命。」

狂怒的他痛毆卡辛，巨大的拳頭以令人難易置信的力道落下。

我嚇壞了，感覺鮮血似乎會飛濺到我的臉上。我轉開視線不看螢幕，四肢都在發抖，像發燒一樣瘋狂顫抖。這個能夠赤手空拳殺人的男人是誰？支配他的這股瘋狂是從哪裡來的？

空氣冷得刺骨，我起身關上書店的門。有生以來第一次，我切身感受生命遭受威脅。

我猶豫了一下，想帶著電腦逃走，但好奇心還是將我推回辦公桌前，播放第二支影片。

我還期望這支影片沒有上一支那麼恐怖，結果我錯了。第二支影片還是相同的極端暴力的施虐場景，最後以死亡作結。這次受害者是艾波琳，而劊子手是一個只看得見背影的男人。他身上裹著一件深色的雨衣，似乎沒有殺害卡辛的男子那麼魁梧，年紀也比較輕。這支影片的畫質較差，大概因為拍攝地點是照明光線微弱的密閉空間。一間骯髒陰慘的隱蔽房間，看得見房裡的灰色石牆。

艾波琳被綁在一張椅子上，滿臉是血，牙齒被打斷了，一隻眼睛的傷勢很淒慘。毆打她的人手上拿著撥火用的帶鉤鐵棒，她應該已經被狠狠折磨一陣子了。影片很短，艾波琳描述的情節似乎接續著卡辛的敘述內容。

「我說了，我那時嚇得要死！我沒有踏進韋赫訥家的公寓。我直接走人，去地下停車場等卡辛。」

她吸了吸鼻子，搖頭甩開一撮被血黏住而遮住眼睛的髮絡。

「我以為條子很快就會動身，他們甚至可能已經到了。停車場籠罩在一片黑暗之中，我縮在一根水泥柱和一台小卡車之間。但是燈突然亮了，一台車從樓下那層停車場開上來。」

艾波琳抽抽噎噎，拿著撥火鐵棒的男人要她繼續說。

「那是一台灰色的保時捷，車身有紅色和藍色的條紋。那台車在我前面停了三十多秒，因為停車場的自動柵門故障，只開啟一半就卡住了。」

「保時捷車裡有誰？」

「有兩個男人。」

「兩個？妳確定？」

「非常肯定。我沒看到坐在副駕駛座的人的臉，但開車的人下了車，去拉開柵門。」

「妳認識他嗎？」

「不認識本人，但我在電視上看過一次他的訪談。我也讀過一本他的書。」

「一本他的書？」

「對，就是那個作家納森·弗勒斯。」

不可言說的
真實。

10

與全世界為敵的作家們

> 輸家的唯一救贖，就是不需期待任何救贖。
>
> ——維吉爾

1

那個作家納森・弗勒斯。

這就是艾波琳死前說的最後一句話。之後，影像檔又持續了幾分鐘，拍攝她陷入昏迷，撥火鐵棒給她最後一擊，殺了她。

這個驚人發現使我陷入一陣驚恐困惑，但除此之外，有個更加緊急的問題：這兩段影片怎麼會在奧狄伯的電腦裡？

我越來越焦躁不安，儘管艾波琳的處決畫面很恐怖，我還是再看了一次那段影片。這次，我拿下耳機，專心觀察室內的擺設。像這樣的石牆……我搭簡易式載貨電梯搬書去書店地下室時，似乎看過這樣的牆面，或者只是我胡思亂想……

奧狄伯那串鑰匙中，也有地下室的鑰匙。我去過那裡兩三次，但沒注意過有什麼可疑之處。

雖然害怕，我還是決定再去看一下。這次不可能搭載貨電梯，那太吵了。我走進小小的中庭，這裡有一道掀門，掀開來便是一道和梯子一樣陡的木製樓梯，可以通到地下室。才剛踏上樓梯，一股難聞的潮濕氣味便撲鼻而來。

下樓後，我點亮日光燈，忽明忽暗的燈光照亮的是一些長滿蜘蛛網的架子，和一堆裝滿書的紙箱，裡面的書都快發霉了。燈管劈啪作響幾秒鐘後，啪一聲熄掉了。

該死……

我拿出手機用來照明，卻踢到一台放在地上的生鏽空調，摔在水泥地上，在灰塵裡滾了一圈。

真是的，哈法……

撿起手機再度起身，深入黑暗之中。地下室很深很長，比我原先想像的大多了。地下室最深處傳來空氣吹送的聲音，聽起來像是暖氣或通風口。三塊格子板沿著牆邊擺放，它們彼此相疊，內側伸出一堆交錯的管子，那陣嗡嗡聲就是從這裡傳出來的。

這些管子是哪來的？和格子板纏鬥超過一分鐘後，我終於將它們移開，發現後面有另一個入口，活動式的鐵板看來像某種巨大的烤箱門。門上了鎖，但鑰匙也在奧狄伯的那串沉重的鑰匙當中。

我怕得要命，走進這間奇怪的房間，裡面放了一張修繕工作檯，和一台冰櫃。工作桌上放著我在剛才的影片中看過的撥火鐵棒，一支尖角的生鏽榔頭，一支深色木槌，還有鑿石頭的鑿刀……

我胸口一緊，四肢都在顫抖。打開冰櫃時，我不禁尖叫一聲。冰櫃裡沾滿了血。

我正置身於瘋子的巢穴裡。

我趕緊撤退，飛也似地衝回中庭。

將艾波琳．沙碧凌遲至死的人就是奧狄伯，若我不快點逃離此地，他一定也會殺了我。回到書店之後，我聽見樓上的地板發出嘎吱聲。奧狄伯起床了。腳步聲先是從他房裡傳出來，接著輪到樓梯的層板作響。要命……我火速將奧狄伯的電腦塞進背包，關上門，騎上我的電動腳踏車。

2

雲在空中劃出一道又一道長長的條紋，雲中透出破曉的光。濱海道路空無一人，海鹽的味道從海面散發出來，混合著尤加利樹的香氣。我將油門催到底，車子在順風之下勉強加速到時速四十五公里。每隔兩分鐘，我都擔心地向後看，我這輩子從沒這麼害怕過，總覺得奧狄伯隨時可能會突然出現在環島公路上，帶著他的撥火鐵棒來和我算帳。

*怎麼辦？*我的第一個反應，是逃去納森．弗勒斯家裡。然而，我不可能假裝自己沒看見艾波琳在影片中對他作出的指控。

我是個容易擺佈的目標。我一直都知道，關於這起案件，弗勒斯沒將他所知道的一切都告訴我，他自己也從未試圖隱瞞這點。我現在去找他，或許是羊入虎口。我想到他總放在身邊的那支膛線式泵動步槍，那很有可能就是他用來殺害韋赫訥一家的槍。我彷佛完全失去方向了。但我在五分多鐘後恢復鎮定。雖然我媽總不斷告誡我，不能相信任何人，但我的所作所為總違反她的命令。我曾被這份天真耍過好幾次，並因此而後悔過。但我總深信一件事：若失去這份單純，我便會失去自我。於是，我決定繼續忠於自己最初的直覺：寫出《羅蕾萊．奇異》和《烈雷灼身》的人，不可能是個混帳。

抵達「南十字星」時，弗勒斯似乎已經起床很久了。他穿著一件深色高領上衣和褐色麂皮外套。他隨即看出我遇見嚴重的事，但他很冷靜。

「您得看看這個！」我直接開口，他甚至沒有時間安撫我。

我從背包中拿出奧狄伯的筆電，播放兩支影片給他看。看影片時，他未曾流露絲毫情緒，就連艾波琳提到他的名字時也一樣。

「你知道刑求艾波琳和卡辛的那兩個人是誰嗎？」

「刑求卡辛那個，我完全不知道是誰。至於殺害艾波琳的，是格雷古瓦．奧狄伯，我在他家的地下室找到了藏匿艾波琳屍體的冰櫃。」

弗勒斯面無表情，但我感覺得到他很震撼。

「您知道瑪蒂德是奧狄伯的外孫女，也是亞歷山德．韋赫訥的女兒嗎？」

「我一小時前才剛得知這件事。」

「納森，艾波琳為什麼要指控您？」

「她沒有指控我，她只說看見我在車內，身旁有另一個人。」

「那個人是誰？求您告訴我您是清白的，我一定相信您。」

「殺害韋赫訥一家的人不是我，這點我可以發誓。」

「但是那一晚，您在他們家裡？」

「對，我在他們家裡，但我沒殺他們。」

「告訴我這是怎麼回事！」

「有一天，我一定會將一切一五一十全部告訴你，但現在不是時候。」

弗勒斯突然焦躁起來，從口袋中拿出一個形似車庫門遙控器的小遙控器操控著。

「為什麼現在不是時候？」

「因為哈法，你現在的處境很危險！小子，這可不是小說，不是虛幻不實的言詞。艾波琳和卡辛被殺了，而兇手到現在還沒被抓。我現在還不知道原因何在，但韋赫訥命案正在重演，而這種悲劇是不會有好結果的。」

「您要我怎麼做？」

「離開柏夢島，現在就走！」他看著錶，斷然說道，「渡輪會在早上八點復駛，我載你去。」

「您是認真的？」

弗勒斯指著電腦。

「我們都看到這些影片了。這些人什麼都幹得出來。」

「可是……」

「快點！」他捉住我的手臂下令。

我跟著弗勒斯走向他的車旁，奔哥跟在我們腳邊。弗勒斯那台 Mini Moke 大概好幾週沒上路了，一開始，它完全發不動。當我以為這台車的引擎已經徹底卡住時，他再試最後一次——奇蹟發生了。奔哥跳上載貨區，這台沒有門的敞篷車坐起來真是不舒服到了極點，它穿越森林，在泥巴路上顛簸前進，接著開上公路。

開往碼頭的路況很糟，日出前的微弱光芒敗給了灰色烏雲，如今，天上滿佈黑炭似的濃霾，簡直像用劣質炭筆重新塗過似的。狂風開始大作，吹襲著我們苦命的擋風玻璃。這並非平時那潮濕溫暖的東風，亦非我們熟悉的密斯特拉風，能將雲層吹散，吹出一片藍天。這風冷得刺骨，它從北極挾帶閃電和雷聲來到這裡，它是黑色密斯特拉風。

來到港口，感覺彷彿造訪一座鬼城。石板路上蔓延著一層一層的薄霧，珍珠色澤的帶狀霧氣在市區房屋之間繚繞，淹沒了船舶。超濃的霧。弗勒斯將車停在港務所的崗哨前，下車幫我買了船票，陪我走到登船處。

「納森，您為什麼不和我一起走？」走到登船口時，我這樣問，「您的處境不也很危險嗎？」

他和奔哥站在碼頭上搖頭，無視我的提議。

「哈法，你好好保重。」

「和我一起走！」我懇求他。

「我不能這樣做。引發火勢的人有滅火的責任。我得將這件事做個了結。」

「什麼事？」

「我在二十年前啟動的龐大機器所造成的禍害災事。」

他揮手道別，我知道自己是問不到更多詳情了。目送他牽著狗走遠時，我出乎意料起了雞皮疙瘩，心中湧現一股極度的悲傷，因為我有預感，這將是我最後一次看見納森．弗勒斯。然而，他卻猛然轉身，走回我這邊，友善地看著我的雙眼，將他批閱過的《樹冠羞避》遞給我。我非常訝異，沒想到我的稿子被他捲了起來，放在防水外套的口袋裡。

「哈法，你知道嗎，《樹冠羞避》是一本好小說，就算沒有我幫忙修稿，它也值得出版。」

「讀過這本書的編輯們可不是這樣想的。」

「編輯啊……編輯這種人，他們對你的書隨便發表兩句意見，就要你感激他們，而那本書你可是辛辛苦苦耗費兩年時間才使它站得住腳。編輯這種人，當你在螢幕前寫得雙眼發燙時，他們正在曼哈頓中城或巴黎左岸聖傑曼德佩一帶的餐廳裡享用午餐，吃到下午三點。但他們的合約你如果耽擱簽約，他們可是每天都會打電話來催你。他們總想成為麥克斯威爾．柏金斯或高登．里許，卻永遠只能繼續扮演他們自己的角色：只是一名文學管理員，只會用 Excel 表格來讀你的作品。他們永遠覺得你寫得不夠快，還把你當小孩耍。他們永遠比你更懂讀者要的是什麼，比你更懂怎樣的書名才是好書名、怎樣的封面才是好封面。一旦你獲得成功，他們便會四處吹噓是他們『造就』了你，儘管他們原本往往無意讓你成功。是他們告訴西默農他的梅格雷探長『既平庸又討人厭』，是他們拒絕出版《魔女嘉莉》、《哈利波特》和《羅蕾萊．奇異》……」

我打斷他的謾罵。

「《羅蕾萊．奇異》被退稿過？」

「我很少提這件事，但沒錯，《羅蕾萊．奇異》被十四位經紀人和編輯退稿過，其中還包括後來決定出版這本書的那位編輯，這都是賈斯伯・范威克的功勞。所以，你不能把這些人看得太重要。」

「納森，等這件事告一段落，您可以幫助我出版《樹冠羞避》嗎？您可以幫我成為作家嗎？」

他笑了，這是我第一次（也是最後一次）看見他臉上露出真正的微笑。而他對我說出的話，驗證了我對他一直以來的第一印象。

「哈法，你不需要我幫忙。你**已經**是作家了。」

他做了個友好的手勢，向我豎起大拇指，然後轉身走向他的車子。

3

霧越來越濃。「輕狂號」大約坐滿四分之三，但我還是在室內找到座位。我隔著渡輪的玻璃窗，看最後一批乘客的身影浮現於霧氣之中，趕著上船。

弗勒斯方才那席話，依舊讓我震撼不已。但我心裡同時有種苦澀的感覺。失敗的滋味。感覺自己在戰況激烈時落荒而逃。當初來到柏夢島時，我滿懷熱情，頭上是洋洋得意的豔陽；而今，我卻在此刻離開島嶼，在故事的最後一幕即將寫就的這一刻，因危險而恐懼，在雨中窘迫離去。

我想著我的第二本小說《作家的祕密生活》，這本書我已經起了很不錯的開頭，我活在這本小說裡，我就是書中人物。故事的敘述者怎麼可以在情節越演越烈時夾著尾巴拋下作戰現場？這種機會是不會遇到第二次的。然而，我又想起弗勒斯的警告：「哈法，你現在的處境很危險！小子，這可不是小說。」但說不定，弗勒斯自己也不相信他說的話。將故事性放進真實人生，並將真實人生放進寫作裡——這不正是弗勒斯本人先前給我的忠告嗎？像現在這樣的時刻，虛構和現實的界線混淆了，這樣的時刻總讓我深深著迷。這也是我如此熱愛閱讀的原因之一，並非為了逃避真實人生，躲進想像世界，而是為了在讀完書之後，返回這個因閱讀經驗而轉化了的世界。我因故事中的旅程與邂逅而變得更豐富精采，因此想將這些經驗投入現實世界。亨利．米勒曾如此思索：「若書本不能帶人回歸人生，不能使我們更加渴切地暢飲生命，那書還有什麼用處？」或許沒什麼用處吧。

而且，納森．弗勒斯在這裡。我的英雄，我的良師益友。五分鐘前，他才剛把我視作同伴。我不能丟下他，放他獨自去面對致命危機。他媽的，我又不是糖做的！我不是小孩子了。我是一名作家，正要去幫助另一名作家。

獨自對抗世界的兩名作家……

我起身走向甲板，卻在此時看見奧狄伯的廂型車開了過來，停在市政府前。奧狄伯的車是一台重新粉刷成鴨綠色的老舊低速四輪傳動車，他曾經告訴過我，這是幾年前向花店的人買的二手車。

奧狄伯在郵局前方並排停車，下車將一封信投進郵筒，接著快步走回車子旁邊，但他在上車前停下腳步，盯著渡輪看了好一陣子。我躲在一根金屬柱子後面，但願他沒看到我。再度探出頭時，奧狄伯的車已轉進街角，但霧中似乎還能看到方向燈正在閃爍著。車子似乎停在那邊不動。

我該怎麼做？我左右為難，雖然很害怕，但又很想了解真相。我也擔心納森的安危。現在我已經知道奧狄伯有多瘋狂，我能就這樣拋下納森嗎？渡輪即將啟程，霧笛號角響了。快點做出決定！船開始鬆開繫纜時，我跳上木造碼頭。我不能逃。如果現在離開，我就會喪失我的信念，放棄所有我相信的事物。

我走過港務所前方的岬角，穿越通往郵局的道路。四下霧氣茫茫。我沿著人行道走到莫特巍街，奧狄伯的車就是在這裡轉彎的。

路上空無一人，濃霧和濕氣淹沒了整條街。方向燈在霧中閃爍，我越靠近那台車，就越感到一股無形的威脅包圍了我，準備讓我滅頂。走到廂型車旁邊時，我才發現車裡沒人。

「小抄書匠，你找我嗎？」

一回頭，驚見奧狄伯就站在我後面，身上穿著那件黑色雨衣。我張開嘴巴正要大叫，但還沒叫出聲，他便使盡全力舉起撥火鐵棒朝我揮來。我那聲驚恐的尖叫就這樣梗在喉嚨裡。

一片黑暗。

4

大雨傾盆。

納森．弗勒斯剛才離去時太匆忙，家裡門戶大開。然而，當他回到「南十字星」時，他甚至沒把門關上。他將要面對的危險，不是那種豎起高牆或封閉家門就能避掉的威脅。有扇窗板不斷撞擊牆壁，他走出屋外去固定它。在大雨和狂風之中，柏夢島完全變了個樣子，不再是地中海小島風情，而像是某個正被暴風雨襲擊的蘇格蘭島嶼。

納森站定不動好幾分鐘，任微涼的雨打在身上。許多讓人難以忍受的畫面，不斷迎面朝他襲來。韋赫訥一家被殺的畫面、卡辛被刑求的畫面、艾波琳被處死的畫面。他腦中同時迴盪著他昨天重讀的信中字句。那是他在二十年前寫的信，寫給他如此深愛的那名女子。他意志消沉，任淚水流淌雙頰、任一切浮出水面。因錯失摯愛而引發的怒火；他放棄了的人生；這道紅色的線，這麼多屍體流淌的血；這些人在這起事件中，只是微不足道的過客，卻成了連帶受害者。

他進屋更衣。換上乾燥的衣服時，他感到極度厭倦，彷彿全身所有水份都被抽乾了。他巴不得這一切結束。這二十年來，他活得像個武士，試著誠實勇敢地面對人生，試著有紀律地遵循一條孤獨的道路，做好迎接死亡的心理準備，要自己在死期將屆時，不致心生恐懼。

他準備好了。可惜最後一幕將在喧囂與憤怒之中上演。他已加入戰爭，而這場戰爭永遠沒有贏家，只有死者。

二十年來，他始終知道，這一切將以悲劇收場。他知道總有一天，他將被迫殺人，或是讓自己被殺。因為他守著的駭人祕密的本質就是如此。

然而，就連在夢魘之中，他也沒想到，前來取他性命的死神，會擁有瑪蒂德・墨妮的美麗臉龐。她那綠色的眼眸，她的金色髮絡。

11

於是，夜

「怎樣的小說是好小說？」

「你創造一些討人喜歡的角色，讓讀者愛上他們，接著你把這些角色殺掉，藉此傷害讀者。這樣的話，你的讀者永遠會記得你的小說。」

——約翰・艾文

1

恢復意識時，我被綁在奧狄伯的廂型車後座，有個隱形的惡魔正拿著尖銳物品在我頭顱內部刮來刮去。我痛得不得了，鼻子被打斷了，左眼無法睜開，眉骨正在噴血。驚慌之下我試圖鬆綁，但奧狄伯用彈力繩緊緊綁住了我的手腕和腳踝。

「放開我，奧狄伯！」

「閉嘴，你這隻童子雞。」

傾盆大雨落在擋風玻璃上，雨刷幾乎毫無用處。我看不清車外景象，但猜得到我們正朝著東邊行駛，駛向番紅花岬角。

「你為什麼做出這種事？」

「我叫你閉嘴！」

雨水與汗水使我全身濕透。我的膝蓋狂抖，心臟狂跳，雖然嚇得屁滾尿流，但我還是想知道真相，這股求知欲勝過一切。

「第一個收到那台舊相機裡的照片的人，是你對吧？瑪蒂德並不是最早收到的人！」

奧狄伯冷笑：

「是書店的臉書帳號收到了那些照片，你能想像嗎？阿拉巴馬州那個美國佬之所以能夠找到我，是因為相機裡最早拍攝的照片：我和瑪蒂德在書店前的合照，拍照日期是我送她這台相機當十六歲生日禮物那天！」

我閉上眼睛一下子，試圖理解來龍去脈。所以，這整樁復仇行動是由奧狄伯策劃的，目的是在多年後向殺害他女兒、女婿和外孫的兇手復仇。但我不懂的是，他為何把外孫女也拖下水。我這樣詢問他時，他轉頭看著我，氣得口吐白沫，開始辱罵我：

「你這個沒用的傢伙，你以為我沒想過要保護她嗎？那些照片我從來沒給她看過，我只把照片寄給一個人，就是瑪蒂德的祖父派提斯．韋赫訥。」

我的神志已經不太清醒，但還記得昨夜搜尋資料時，曾看過亞歷山德的父親的名字。派提斯．韋赫訥曾是個位高權重的警官，擔任過司法警察副指揮官，案發時，他在內政部擔任顧問。他在喬斯班內閣上台後被打入冷宮，而薩科吉當選內政部長成為法國最高警官時，派提斯．韋赫訥便以無上的榮耀走完了他職業生涯的最後一程。

「我和派提斯承受著相同的痛苦，這痛苦連結了我們，」稍微恢復冷靜後，奧狄伯繼續說下去，「亞歷山德、索菲亞和提奧被殺害後，我們的人生就停擺了。或者應該說，人生雖然繼續，卻將我們拋在一旁。派提斯的太太傷心欲絕，在二〇〇二年自殺了。我的太太安妮塔雖然一直故作堅強，但是到了最後一刻，她卻在即將嚥氣時，在醫院病床上不斷反覆對我說她有多懊惱，從來沒有人去宰掉那些殺害我們孩子的兇手。」

雙手緊抓方向盤的奧狄伯看來宛若自言自語。從聲音聽得出來，他正壓抑著一股狂怒憤恨，亟欲爆發。

「當我收到這些照片，將它們傳給派提斯看時，我們立刻認為，這是上天賜予我們的禮物。若不是神的贈物，就是惡魔的贈禮，讓我們得以滿足復仇的渴望。派提斯把這兩個小強盜的照片拿去退休法警的圈子裡流傳，他們沒多久就查出兩人身分。」

我再度試圖解開雙手的束縛，但彈力繩卻深深嵌進我的手腕。

「當然，我們決定向瑪蒂德隱瞞我們的計畫，」奧狄伯繼續說，「我們兩人分工合作，派提斯負責處理卡辛・阿姆罕尼，而我，我冒充葛里納利家族酒莊的管理者，將艾波琳・沙碧引來島上。」

奧狄伯說得起勁，看起來幾乎是興高采烈地向我詳細說明犯案經過：

「我去渡輪下船處等那個賤貨，那天就像現在一樣下著大雨。我在車裡用電擊棒好好地電了她一陣，然後把她拖到地下室。」

2

事到如今，我才發現自己嚴重低估奧狄伯。在他宛如年邁鄉下小學老師的外表之下，藏著一名冷血殺手。他和派提斯．韋赫訥事先已經講好，會將審問過程錄下來給對方看。

「到了地下室，」他繼續說，「我非常愉悅地把她放血放到乾掉。相較於她讓我們承受的痛苦，這樣的懲罰實在是太寬厚了。」

在那條小巷裡，我為什麼要對著槍枝獻上玫瑰花？該死，我為什麼不聽納森的勸？

「她是在刑求之下，才終於吐出弗勒斯的名字。」

「所以，你認為弗勒斯殺了韋赫訥一家？」我問道。

「我一點都不這樣想。我認為沙碧這個蠢蛋只是隨便說個名字，因為她身在柏夢島上，而弗勒斯住在這裡。我認為他們兩人就是兇手，這兩隻害蟲早該死在監獄裡。最後，他們只不過是得到他們應得的懲罰。如果我可以再殺他們一次，我會很開心地動手。」

「但這樣的話，既然艾波琳和卡辛已經死了，事情不就結束了嗎？」

「對我來說是這樣沒錯，但派提斯這個老頑固可不這樣想。他堅持一定要親自審問弗勒斯，但還來不及這樣做，他就死了。」

「派提斯．韋赫訥死了？」

奧狄伯像瘋子一樣笑了起來。

「十五天前，被胃癌折磨死了！在斷氣之前，這個愚蠢的傢伙竟然寄了一枚隨身碟給瑪蒂德，裡面存著那台舊相機的照片、我們的審問錄影檔、還有我們的調查結果！」

拼圖碎片紛紛就位，揭發的全貌令人難以置信。

「瑪蒂德看見慶生晚餐的照片時，她非常震撼。十八年之間，她封印了她的記憶，忘記父母和弟弟被殺時，她也在家裡。她全部都忘了。」

「我真不敢相信。」

「我才不在乎你相不相信！這是真的。十天前，瑪蒂德來找我時，她憤怒得失去控制，整個人像是著了魔似的，一心只想著要為家人復仇。派提斯告訴她，艾波琳的屍體藏在我的冰櫃裡。」

「是她把屍體釘上柏夢島最老的由佳利樹嗎？」

後視鏡中的奧狄伯表示肯定。

「目的是什麼？」

「當然是為了讓警方封鎖柏夢島！讓納森・弗勒斯無法逃走，逼他承認自己應負的責任。」

「但是你剛剛才說你不認為弗勒斯是兇手！」

「我不認為，但瑪蒂德相信他才是兇手。而我，我想保護我的外孫女。」

「你要怎麼保護她？」

奧狄伯沒回答我。透過車窗，我看得出車子剛開過銀灣海灘。我的心在胸膛裡慌亂狂跳，他要帶我去哪裡？

「奧狄伯，我剛才看到你寄了一封信。那是什麼信？」

「哈，哈！童子雞，你眼睛真尖。那是寄給土倫市警署的認罪信，我在信中自首是我殺了艾波琳和弗勒斯。」

所以這就是我們現在正駛向「南十字星」的原因！我們現在距離番紅花岬角已經不到一公里。奧狄伯已下定決心，要殺了弗勒斯。

「你知道，我得在瑪蒂德殺他之前自己動手。」

「那我呢？」

「你啊，你在錯誤的時機出現在錯誤的地點，這就是所謂的附帶損害。蠢斃了，對吧？」

我得採取行動，阻止他的瘋狂行徑。雖然腳被綁住，但我雙腳並用，狠狠踢了駕駛座的後背一下。奧狄伯沒想到我會來這一招，他大叫一聲，轉過頭來，這時我再度用雙腳踢他，直接踢在他臉上。

「你這個該死的小孬種，我要宰……」

車子突然往旁邊一偏，雨聲敲打著金屬車頂，在滂沱大雨之中，我有種置身於漂流船舶中的錯覺。

「我要宰了你！」奧狄伯拿起他放在副駕駛座的撥火鐵棒對我大吼。

我以為他已經控制好行駛方向，但是下一刻車子就撞壞路旁的護欄，摔進一片虛無。

3

我從來沒想過自己真的會死，車子向下跌落的那幾秒鐘內，直到最後一刻，我都還希望能夠出現奇蹟，避免這起悲劇。因為人生就是一本小說，而沒有作者會在故事還剩八十頁時殺掉他的敘述者。

這一刻，我並未嚐到死亡或恐懼的滋味。我並未看見人生跑馬燈在眼前快轉播放，失事的這一刻也並未以慢動作呈現，像米歇爾·皮科利在電影《生活瑣事》裡面出的那起車禍一樣。

但我還是想起一件奇異的事。一段回憶，或該說是一個祕密。不久前，我父親告訴我的內心話。他突然向我傾訴這件事，讓我很驚訝。他告訴我，當我還是個小孩子的時候，他的人生有多麼「燦爛」——這是他本人用的詞。「你小時候，好多事情我們都一起做。」他這樣對我說。這是真的。我記得我們一起在森林漫步，參觀博物館，觀賞戲劇表演，做模型，一起動手修理東西。不僅如此，每天早上都是他帶我去學校。上學的路上，他總會教我一點東西。歷史故事、藝術家的軼事、文法規則、一點人生道理。我彷彿還能聽見他對我說：

自反代動詞的過去分詞在直接受詞先出現的情況下，性數必須配合受詞變化。譬如「他們洗過了手」這句話當中的「洗」的性數不需變化，但是「那手他們洗過了」當中的「洗」就要配合「手」的性數來變化。——伊夫·克萊因是在凝視蔚藍海岸的天空時，想到要創造一種盡可能最最純粹的藍：國際奇連藍。——表示除法的數學符號「÷」

稱做除號。——一七九二年春天，路易十六被送上斷頭台之前的幾個月，他提議將斷頭台的平行刀刃換成斜向刀刃，以改善行刑效率。——《追憶似水年華》全文中，最長的句子由八百五十六個字組成，最著名的句子則由九個字組成：「長期之間，我早早就寢。」最短的句子只有三個字：「他看著。」最美的句子則有十五個字：「我們只愛自己未能全然擁有的事物。」——「蛸」這個字是由維克多・雨果引進法文當中，他是在小說《海上勞工》中第一次提及這個字。——兩個連續整數相加的總和，等於這兩個整數各自平方之間的差。譬如六加七等於十三，七的平方減六的平方亦等於十三……

那是歡樂的開心時光，同時也帶點莊嚴肅穆。我想，我在那些早晨學到的東西，一直深深銘刻在我的記憶裡。有一天，我爸非常悲傷地告訴我，他已經把他知道的所有一切差不多都傳遞給我了，剩下來的我得自己從書本中學習。那時我大概十一歲吧。當下的我並沒相信他說的話，但我們很快就沒那麼親密了。

我爸一直害怕失去我，怕我被車撞、怕我生病、怕我在公園玩耍時被瘋子擄走……但最後，將我從他身邊帶走的，是書，是他偏偏向我誇耀過許多好處的書。

很久之後，我才理解，書不一定永遠都是幫助我們擺脫束縛的媒介。書也會造成分離。書能讓高牆倒下，卻也砌起厚厚的牆。書比我們想像的更常造成傷害、破壞、死亡。書是會騙人的毒辣太陽，像二〇一四年大巴黎小姐選美比賽第三名佳麗喬安娜·帕洛夫斯基那張漂亮的臉一樣。

汽車墜毀之前的那一刻，我心中浮現最後一道記憶。和我爸一起走去上學的路上，某些早晨，當我爸覺得我們可能快要遲到時，我們便會在最後兩百公尺開始奔跑起來。哈法，你看，幾個月前我爸這樣對我說，他邊說邊點菸，香菸他總吸到只剩濾嘴，當我想起你時，第一個想到的畫面，永遠是這一幕。季節是春天，你大約五歲或六歲，太陽高掛天上，但同時也下著雨。我們在雨中奔跑，以免你上學遲到。我們兩人手牽著手並肩奔跑，跑過一滴一滴的光點之間。

你眼裡閃著的光芒。

你那耀眼的笑容。

生命的一種完美平衡。

12

變貌

說出真相是一件難事，因為真相雖然只有一個，但它是活生生的，因此會改變面貌。

——法蘭茲・卡夫卡

1

瑪蒂德來到納森家裡時，帶著那把泵動式步槍。她的頭髮被雨淋濕了，臉上脂粉未施，看得出昨夜徹夜未眠。她這次沒穿印花洋裝，換成一條破爛的牛仔褲和一件鋪棉連帽大衣。

「納森，這場遊戲結束了！」她闖進客廳說。

納森坐在桌前，他面前放著格雷古瓦・奧狄伯的筆電。

「或許吧，」他平靜地回答，「但遊戲規則不是妳一個人決定的。」

「但艾波琳・沙碧的屍體是被我釘上樹的。」

「目的是什麼？」

「非得佈置這樣驚世駭俗的一幕，才能迫使警方封鎖柏夢島，讓你逃不掉。」

「根本沒這個必要。我為什麼要逃？」

「為了不被我殺掉。為了避免你的小祕密被全世界知道。」

「關於小祕密這一點，我覺得妳倒是滿厲害的。」

為了佐證這句話，他將電腦轉向瑪蒂德，讓她看著提奧生日那晚拍攝的照片。

「所有人都一直以為，韋赫訥一家的長女案發當晚在諾曼第溫書，準備法文會考，但實情並非如此。案發當時，妳也在現場。背負這樣的祕密過活，應該很沉重吧？」

瑪蒂德頓時失去氣力。她在桌角旁邊坐下，將步槍放在手邊的桌上。

「很沉重，但原因不是你想的那樣。」

「告訴我為什麼……」

「六月初，學校放溫書假的時候，我和好友伊莉絲去翁夫勒城溫書，她爸媽在那邊有一棟鄉間小屋。有時大人們會在週末時過來找我們，但平常日就只有我們兩個。我們很用功，也真的努力讀了很多書，所以，六月十一日早上，我向伊莉絲提議休息一下。」

「妳想回家為妳弟弟慶生，是這樣吧？」

「是的，我需要這樣做。那幾個月，我覺得提奧變了。他本來是這麼歡樂的小男孩，充滿活力，那陣子卻變得很悲傷，常常很焦慮，腦子裡充滿陰暗的想法。我希望我能在那裡，藉此讓他感受我有多愛他，讓他知道，當他遇到困難時，我會在，我會幫助他。」

瑪蒂德的聲音很冷靜，她說的話很有條理，讓人覺得這段自白也是她的計畫之一：尋求真相——所有的真相，翻遍所有回憶的所有角落，包括她自己的回憶。

「伊莉絲說，如果我要回巴黎，那她這天就趁機去找諾曼第的表姐弟一起度過。我通知我爸媽說我要回去，請他們先別告訴提奧，給他一個驚喜。我陪伊莉絲一起坐公車到利哈佛市，接著搭火車到巴黎聖拉查車站。豔陽高照，我去香榭大道逛了幾間店，買提奧的生日禮物。我想找個真的能讓他開心的東西。最後，我給他買了一件法國足球隊的球衣。然後我搭地鐵九號線到犬舍站，回到巴黎十六區。我大概是下午六點到的。家裡沒有人。媽媽和提奧還在從索洛涅回巴黎的路上，我爸和平常一樣，還在辦公室工作。我打了電話給媽媽，說我可以去外燴店和甜點店拿她預訂的晚餐和生日蛋糕。」

納森面無表情地聽她訴說，這可憎的一夜，在她眼中是什麼樣子。二十年來，他一直以為，他是唯一一個掌握韋赫訥命案所有關鍵的人。今天他才知道，實情遠非如此。

「那是一場很棒的慶生會，」瑪蒂德繼續說，「提奧很開心，對我來說只有這個最重要。納森，你有兄弟姐妹嗎？」

他搖搖頭。

「我不知道我們的關係以後會變得怎樣，但這個年紀的提奧非常喜歡我，我也很喜歡他。我感覺他最近很脆弱，覺得我有責任保護他。足球賽結束後，我們一起慶祝勝利，然後提奧在沙發上睡著了。晚上十一點左右，我將半夢半醒的他送上床，為他蓋好棉被，像我有時會做的那樣。在那之後，我回到我房間。我也累了。我帶著一本書爬上床，隱約聽見爸媽在廚房談話的聲音，接著我爸打電話和爺爺聊足球賽。而我，我讀《情感教育》讀到睡著了。」

瑪蒂德停了很長一段時間。好一陣子，屋內寂靜無聲，只聽得見打在窗上的雨聲，和壁爐內柴火的劈啪聲。瑪蒂德費盡一番努力才能繼續說下去，但現在已經不是害羞或優柔寡斷的時候了。接下來發生的事，她幾乎是一口氣說完的。她已經不是和納森對話，而是縱身一躍潛入海底深淵，深得讓人覺得無論是誰都不可能安然脫身。

2

「我在福樓拜的書中睡去，醒來時卻置身《發條橘子》。一聲槍響，撼動了整棟屋子。我的收音機鬧鐘顯示晚上十一點四十七分。我沒睡很久，但我從來沒有這麼粗暴地被吵醒過。雖然感覺危機逼近，但我還是打著赤腳走出房間。走廊上，我爸的屍體倒在血泊裡。那畫面教人無法忍受。有人從近距離對他的臉直接開槍，牆上濺滿腦漿和鮮血。我還來不及尖叫，就聽見第二聲槍響，我媽在廚房門口倒下了。我比驚恐還驚恐，恐怖感充斥整個空間，瀕臨瘋狂。

「在這種情況之下，你的腦袋會失去控制，再也不管什麼邏輯。我的第一個反應，是衝回我房間。我花了三秒鐘躲進房裡，正要關門時，卻想到我忘了提奧。走出房間時，又一聲槍響劃破寂靜，我弟弟背部中槍，他的屍體幾乎倒在我懷裡。

「在一股求生本能促使之下，我躲進床下。我房間的燈暗著，但房門是打開的。我從床底下看見我的小提奧的屍體，他身上的球衣變成一灘巨大的血跡。

「我閉上雙眼，咬緊雙唇，捂住耳朵。別看了，別尖叫，什麼都別去聽。我不知道自己這樣屏氣凝神了多久。三十秒？兩分鐘？五分鐘？再度睜開雙眼時，有個男人在我房裡。我從床底下只看得見他的鞋子：側邊有鬆緊帶的褐色皮靴。他在房裡待了幾秒，沒有移動，沒來找我在哪裡。我想，他並不知道我在家裡。過了一陣子，他轉身離去，不見了。我在床下多待了幾分鐘，虛脫、驚愕，動彈不得。將我從麻木狀態中喚醒的，是警車的警鈴。我的鑰匙中，有一支能打開通往屋頂的天窗，我就從那裡逃走了。我不知道自己為什麼這樣做，我應該因為警察來了而放心才對，結果卻相反。

「之後的記憶比較模糊，我想我就是機械性地行動。我在夜裡走回聖拉查車站，搭最近一班出發的火車回諾曼第。回到翁夫勒城時，伊莉絲還沒回來。等伊莉絲回來後，我提起精神來向她說謊。我假裝自己和她道別後就覺得頭痛，結果沒有回巴黎。她相信我說的話，而且我臉色慘白，她堅持我們得打電話叫個醫生。醫生在上午抵達時，利哈佛市的警察也來了。我爺爺派提斯．韋赫訥和警察一起來到這棟小屋，家人被殺的事是他告訴我的，至少表面上是如此。我的大腦就在這時斷電了。我失去意識。

「再度清醒時，已經是兩天後了。我完全忘了那天晚上發生的事。我真的以為，我爸媽和提奧被殺時，我不在家。這在外人眼裡可能很難相信，但事情真的就是如此。我真的就這樣失憶了十八年。或許我的心靈只找得到這個唯一的辦法，來讓我能夠繼續活下去。在命案發生之前，我就已經苦於持續不斷的焦慮症，而創傷造成的震撼又導致我的大腦關機。在自我保護的反射作用之下，我的記憶彷彿與我的情感分裂了。接下來的這些年裡，我清清楚楚感覺得到，有什麼事不對勁。我真的很痛苦，至於痛苦的原因，我一直認為是因為痛失家人，但並非全然如此。我確實是將這些記憶封印了，但這些回憶卻在我心裡漸漸腐爛，那重量雖然無形，卻十足沉重。

「兩週前，我爺爺過世，因此揭開了我的無知之幕。派提斯・韋赫訥在死前寄給我一個大信封，裡面有一封信，他在信中向我解釋，他深信你是那場命案的真正兇手。他說他對自己的病情很憤怒，癌症害他不能親自去把你殺掉。信封裡還有一個隨身碟，裡面存了艾波琳・沙碧和卡辛・阿姆罕尼的審訊過程錄影檔，還有那台遺落在夏威夷外海的相機裡的所有相片。當我看見照片，發現自己那天晚上在場之後，我的大腦頓時解鎖，回憶一湧而上，像泉水一樣洶湧。那些回憶在我眼前重演，殘暴的短暫畫面，伴隨著罪惡感、憤怒、羞愧。我彷彿滅頂，覺得這一切似乎沒有止盡，像堤防突然洩洪，淹沒了整個河谷。

「我經歷了一場確確實實的代償失調，我想尖叫、想消失，我看著過去的一切，像再度經歷往事一樣。那絕對不是什麼解放，那非常非常恐怖。我心中爆發了一陣混亂，使我再度回到驚恐之中。迎面襲來的影像、聲音和氣味是如此清晰，如此難以承受，讓我覺得這次是以最高強度的震撼重新經歷這一幕：震耳欲聾的槍聲、飛濺的鮮血、尖叫聲、牆上的腦漿、親眼看見提奧在我面前倒下的驚恐。我究竟造了什麼孽，得再度體驗這樣的地獄？」

3

一道尿液濺在安傑・阿戈斯蒂尼身上。這名市警沒有什麼反應，繼續幫他女兒麗薇亞換尿布。他正要哄女兒重新入睡時，手機響了。電話另一端是島上的藥劑師賈克・巴妥列提，他打來通知安傑，發生了一起車禍。今天清晨，巴妥列提趁著禁航令取消，乘船出去釣鰤魚、鯖魚和黑椎鯛，但風雨交加之下，他比預定時間提早返航。航經番紅花岬角時，他瞥見一台車駛離道路，撞毀在懸崖上。當下，慌亂的巴妥列提立刻通知海岸巡防隊，現在他打來問狀況如何了。

安傑表示他並不知情。掛電話後，他打給消防隊，想確認他們已經接獲消息，同時麗薇亞在他身上那件已經有尿騷味的T恤上吐了一點奶。然而消防隊的電話無人接聽，負責本島事務的彭荷西中校的手機也無人回應。安傑相當擔憂，決定親自去現場看看。但以他現在的狀況，著實不適合這樣做。這星期輪到他照顧小孩，但陰影接二連三：首先，他兒子魯卡正因咽喉炎而臥病在床；其次，現在天氣糟透了，路況很危險。

真麻煩……安傑輕輕喚醒魯卡，幫他穿上保暖的衣服。他抱著兒子和女兒（這兩個小鬼真重——他這樣想著）走到車庫，讓魯卡爬上三輪貨車的載貨區，蓋上遮雨棚，將麗薇亞的嬰兒座椅繫上副駕駛座。番紅花岬角距離他家只有三公里遠。他家是一棟普羅旺斯風格的屋子，是他在父母給的土地上建造的，但對他的前妻寶琳來說，這屋子「太小」、「日照不夠充足」、「太暗，被左右鄰居的屋子擋住」。

「孩子們，我們會慢慢開。」

後照鏡中，安傑看見他兒子對他豎起大拇指。三輪貨車艱困地爬上曲折的道路，這條路通往環島公路。大雨導致地面變得很滑，車子在傾斜的路段很難操控。一想到他讓自己的孩子冒這種險，胃就痛了起來。終於開上大馬路時，他鬆了口氣。然而危機尚未全盤解除，因為暴風雨正以罕見的威力襲擊柏夢島。暴雨的日子裡，安傑總覺得害怕。這種時候，原本一向宜人的柏夢島成為一個多變無常、危機四伏的地方，彷彿和所有人心中隱藏的黑暗面相互共鳴。

車子左右搖晃，大雨敲擊車窗。麗薇亞尖叫起來，後面的魯卡應該也很不安吧。他們剛駛過銀灣海灘，就在轉角處被一截被狂風吹斷的巨大松樹樹枝擋住去路。安傑將車子停在路邊，叫兒子去車裡和妹妹一起等候，等他移開障礙物。

他走出車外，在雨中費了許多力氣，挪開那些擋路的樹枝和碎裂物。正要上車時，他看見消防員的救援車輛就停在五十公尺外，植物學家步道路口前方不遠處。他在消防車旁邊將三輪貨車停好，叫魯卡乖乖待在車上，自己則跑去消防員那邊。他渾身濕透，看來有點淒慘，雨水從馬球衫的領口流進去，在他背上狂洩。他看見道路下方的汽車殘骸，但看不出是什麼車。

納吉·彭荷西中校的高大身影在霧中浮現，他負責指揮柏夢島消防隊。

「嗨，安傑。」

兩人握手。

「是書店老闆的車。」彭荷西中校不等安傑開口，就已經猜到他的問題。

「格雷古瓦・奧狄伯？」

彭荷西中校表示沒錯，並進一步說明：

「車上不只他一個人。書店的年輕員工也在他的車裡。」

「哈法葉？」

「哈法葉・巴戴。沒錯。」彭荷西中校看著筆記回答。

他頓了一下，指著他的團隊再度開口：

「我們正在把他們拉上來。兩個人都死了。」

可憐的小子！

這消息讓安傑萬分驚訝。就在禁航令解除、感覺終於能夠稍微鬆一口氣的此刻，這突如其來的死深深打擊安傑。他和彭荷西中校四目交接，發現中校臉上寫著不安。

「納吉，怎麼了嗎？」

一陣沉默之後，中校說出他的困惑：

「有件事很奇怪。那小子的手腳被綁住了。」

「被什麼東西綁住？」

「彈力繩。他被彈力繩綁著。」

4

狂風暴雨。瑪蒂德說完後，安靜了一分多鐘。她沉默地舉起步槍，再度用槍指著納森。他站起身來，走到落地窗前，將手放在背後，看著窗外的松樹被風吹彎的樣子，那些樹看起來彷彿在暴風雨中痛苦扭曲。過了好一陣子，他非常沉著地轉身面對瑪蒂德，開口問她：

「如果我沒會錯意的話，妳也認為是我殺了妳的父母？」

「艾波琳非常肯定，她在地下停車場看見了你。而我躲在床底下時，我很清楚地看到你的鞋子。所以，沒錯，我認為你是兇手。」

納森思索著她說的這些理由，並不試圖反駁。思考一陣之後，他自問：

「但是，我的動機會是什麼？」

「你的動機？因為你是我媽媽的情人。」

納森不禁面露訝異。

「太荒唐了，我從來沒見過妳媽！」

「但你寫了許多信給她。而且你最近剛拿回這批信件。」

瑪蒂德用步槍指著放在桌上的信，信被納森用緞帶綁成一捆。他反問道：

「這些信怎麼會落到妳手裡？」

瑪蒂德再度穿梭時光，回到過去。又是那個夜晚，又是那一連串的事件，在短短幾小時內改變了這麼多人的命運。

「二〇〇〇年六月十一日晚上，弟弟的慶生晚餐開始之前，我換了衣服，穿上比較得體的服裝。我從衣櫃裡找出一件漂亮的夏日洋裝，但沒有鞋子可以搭配。我有時會去我媽的衣帽間找衣服來穿，所以這次我也去翻她的衣帽間，找適合的鞋子。她有各式各樣的鞋子，超過一百雙。我就是在那裡發現這些信，信裝在一個紙盒裡。翻閱這些信時，我內心的感受很矛盾，先是震驚我媽有個情人，但接下來我卻不由自主地嫉妒起來，嫉妒有個男人寫了這麼詩意、這麼熱情洋溢的信給她。」

「這些信妳保管了二十年？」

「為了能夠毫無顧忌地閱讀這些信，我把信拿回我房間，藏在背包裡。我對自己說，等我獨自在家的時候，我把信讀完之後，就會把它們放回原位。但我完全沒有機會這樣做。命案發生後，我完全不記得這件事。事發之後，我住在祖父家裡，爺爺把許多可能會讓我想到慘案的東西都保管在某個地方，這些信大概也被他收在一起。然而，派提斯・韋赫訥可沒忘記這些信，聽見艾波琳的證詞之後，他便察覺這些信是你寫的。他把這些信和隨身碟一起寄給我。無庸置疑：筆跡是你的筆跡，署名簽的是你的名字。」

「對，信是我寫的沒錯，但妳為什麼會認為收信人是妳母親？」

「這些信是寫給『S』——我媽媽名叫索菲亞，而且信是在她房裡找到的。這不是一連串完美相符的證據嗎？」

納森沒回答，反而下了另一步棋：

「妳來這裡，究竟是為了什麼？就為了殺我？」

「暫時還不會殺你。首先，我要送你一個禮物。」

她翻翻口袋，掏出一個圓形物體放在桌上。納森原本以為那是一捆黑色膠帶，接著才發現它其實是打字機用的色帶。

瑪蒂德走向放置打字機的架子，拿起那台奧利維蒂打字機，將它放在桌上。

「弗勒斯，我要你寫一份完完整整的認罪自白書。」

「認罪自白書？」

「動手殺你之前，我要拿到書面證據。」

「關於什麼的書面證據？」

「我要所有人都知道你做了什麼事。我要讓全世界都知道，大作家納森・弗勒斯是個殺人犯。相信我，你絕對不會流芳百世！」

他看了打字機一陣子，再抬眼看她，辯道：

「就算我是殺人犯，妳也沒辦法拿我寫的書怎麼樣。」

「噢對，我知道現在很流行『藝術歸藝術，人品歸人品』這一套：某某人犯下了凶殘的暴行，但他還是一名了不起的藝術家。很抱歉，這招對我沒效。」

「這議題是個大哉問，但是，就算妳能殺掉藝術家，妳也毀滅不了藝術作品。」

「我還以為你的作品只是幾本被過度高估的書。」

「重點不在這裡。而且，在妳內心深處，妳知道我是對的。」

「我內心深處只想往你身上開兩槍，納森・弗勒斯。」

她猛然用槍托重擊他的腰，用暴力逼他坐下。

納森癱在椅子上，咬緊牙關。

「妳以為殺人很容易嗎？妳……妳以為找到一連串相符的證據，就有權利殺我嗎？就只為了讓妳好過？」

「不。你有權為自己辯護，這一點倒是真的。所以我才給你機會，讓你擔任你自己的律師。這正是你接受訪談時最愛重複的話：『打從青春期開始，我唯一的武器永遠是一支咬爛了的舊原子筆，和一本方格筆記本。』好啦，看吧：你現在用來反擊的武器，是一台打字機、一疊紙，和半小時。」

「妳究竟想要什麼？」

震怒的瑪蒂德將步槍抵在他的太陽穴上。

「真相！」她大叫。

納森反駁：

「妳以為真相可以讓妳完全忘記過去，讓妳從痛苦之中解脫，讓人生重新開始？很抱歉，這只是幻覺。」

「這件事請讓我自己決定。」

「但是瑪蒂德，真相並不存在！或者應該說，真相雖然存在，但它不停變動，它隨時都是活生生的，隨時都在改變。」

「弗勒斯，我實在是受夠你的詭辯論了。」

「不管妳同不同意，人性並不是黑白分明的。我們都活在灰色地帶，不斷演變著，沒有什麼是穩定不變的，在這世上，最良善的人也永遠都有可能會犯下最惡的罪。妳為什麼要讓自己承受這種事？這件事的真相，妳將會無法承受。真相是腐蝕性液體，澆在尚未癒合的傷口上。」

「我不需要保護。不管怎樣，都不需要你來保護！」她說。

語畢，她指著打字機。

「開始幹活吧，現在就開始！告訴我你的說法是什麼，我只要直接的事件描述，其他什麼都不要。不要風格，不要詩意，不要題外話，也不要誇大。我半小時後取件。」

「不，我……」

她再度用槍托毆打他，逼他就範。他皺著臉，痛得彎腰，接著緩緩將色帶放進打字機。

不管怎樣，如果他得在今天死去，那不如就死在打字機前面吧。這裡才是他的位置。一直以來，這裡是最不會讓他覺得不自在的位置。在鍵盤上排列字句來拯救自己，這挑戰他可以接受。

他敲出腦中浮現的第一個念頭，作為暖身。這是他的導師之一——喬治．西默農的一句話。在納森看來，這句話很符合當下情境。

事過境遷之後，回頭檢閱人生，那和當時親身經歷的人生顯得多麼不同啊。

睽違二十年後，鍵盤的劈啪聲從指尖傳來，使他一陣顫慄。他當然懷念寫作，但停筆並非他的本意。有時候，意志本身什麼都做不了，除非有一把槍指著太陽穴。

我在一九九六年春天遇見索瓦綺克・勒嘉蕾。當時，我們搭同一班飛機從紐約飛往巴黎，她坐在我旁邊的靠窗座位，正在讀我寫的書。

就這樣，開始了……他再度停頓，猶豫了幾秒鐘，最後一次用眼神詢問瑪蒂德：現在住手還來得及，現在還可以不要拔下手榴彈的安全栓，否則它會迎面爆炸，將我們兩人都炸死。

然而，瑪蒂德眼神中的訊息只有一個：弗勒斯，丟出你的手榴彈。潑灑吧，你的腐蝕性液體……

13

塞拉耶佛小姐

事過境遷之後，回頭檢閱人生，那和當時親身經歷的人生顯得多麼不同啊。

——喬治・西默農

1

我在一九九六年春天遇見索瓦綺克・勒嘉蕾。當時，我們搭同一班飛機從紐約飛往巴黎，她坐在我旁邊的靠窗座位，正在讀我寫的書。那是我的新書《美國小城》，她在機場買的。她已經讀了一百多頁，我問她喜不喜歡這本書，但我沒有表明自己的身分。而她在雲朵環抱之下，悠悠回答：她一點都不喜歡，而且完全搞不懂這名作者怎麼會這麼受歡迎。我提醒她，納森．弗勒斯畢竟是剛奪下普立茲小說獎的作家，但她說她一點都不信任文學獎，而且她認為那些洋洋得意炫耀得獎的書腰「不過是些騙傻瓜的花招」，破壞封面。我引用柏格森的話想讓她驚豔（「我們看不見事物本身，我們通常僅僅只是閱讀貼在事物上的標籤」），但她一點也不驚豔。

到後來，我忍不住告訴她，**我就是**納森．弗勒斯，但她似乎沒有什麼反應。儘管我們之間的對話開始得如此困難，但在接下來的六小時航程中，我們卻聊個不停。其實應該說，是我不斷問她問題，干擾她看書。

索瓦綺克當年三十歲，是個年輕的醫生。當時，我三十二歲。她斷斷續續地對我說了一些關於她的事。一九九二年，她剛拿到醫學院文憑，就動身去波士尼亞去找她當時的男友。她男友是法國電視二台的攝影師。當時戰爭才剛開始，而塞拉耶佛的慘烈戰事後來成為現代最漫長的圍城戰。待了幾個星期之後，前男友離開波士尼亞（大概是回法國或去報導別的戰爭），而索瓦綺克選擇留下來。她接觸了當地的人道救援組織，接下來四年之間，她便堅忍承受三十五萬居民的長期苦難，為這座被圍困的城市服務，發揮所長。

我沒有能力在這裡幫妳上一堂歷史課，但如果妳想理解發生了什麼事，理解我現在對妳說的故事，並進而理解妳家發生的事，那妳必須讓自己深入當年的現實當中，了解柏林圍牆倒下、蘇聯解體之後，南斯拉夫解體的局勢。第二次世界大戰結束之後，狄托元帥重新將戰前的南斯拉夫王國結合起來，建立共產主義聯邦，由巴爾幹六個共和國組成：斯洛維尼亞、克羅埃西亞、蒙特內哥羅、波士尼亞、馬其頓、塞爾維亞。共產政權瓦解之後，巴爾幹半島興起一波民族主義。緊張情勢惡化之下，當地的強人斯洛波丹·米洛塞維奇再度提倡「大塞爾維亞主義」，倡議讓各國的塞爾維亞少數民族住在統一國家。斯洛維尼亞、克羅埃西亞、波士尼亞和馬其頓陸續宣布獨立，引發一連串激烈的流血戰爭。波士尼亞戰爭是一場種族清洗，而聯合國無能為力，導致超過十萬人死亡。

當我遇見索瓦綺克時，她的身心、她的腦海都被塞拉耶佛的苦難烙下了印痕。四年的驚恐，無止無休的砲轟，飢餓，寒冷。四年之間聽著子彈劃過空中。四年的外科手術，有時甚至沒打麻醉藥。索瓦綺克是那種懷抱著世界的痛苦度日的人，這一切已對她造成相當程度的傷害。若你將世間的苦難當成自己的事，這重擔將會足以把你壓垮。

★

早上七點左右，飛機降落於戴高樂機場，灰濛濛的天氣讓人沮喪。我對索瓦綺克說再見之後，就去計程車招呼站排隊等車。一切都讓人灰心：想到我再也見不到索瓦綺克，再加上這個清晨的刺骨濕意，我看著骯髒的雲擠滿天空，那充滿污染的天空似乎就是我人生唯一的前景。然而，有股力量催我採取行動。妳知道古希臘的「Kairos」這個概念嗎?它指的是時機，不容錯過的決定性瞬間。在每個人的生命中，就算在最糟糕的人生中，都至少會有那麼一次機會，上天至少會給你一次真正的機會來扭轉命運。生命給你機會時，懂得好好把握，這就是Kairos。然而，機會往往稍縱即逝，而人生不會給你第二次機會。於是，那天早上，我知道有件決定性的大事正在上演。我離開等計程車的隊伍，回頭去找索瓦綺克，找遍了整座航站，終於在接駁車候車處找到她。她正在等車。我告訴她，有一間位於地中海一座小島上的書店邀我去簽書。我毫不拐彎抹角，直接邀她和我一起造訪那座小島。有時候，Kairos能夠同時打中兩個人的心，於是索瓦綺克毫不猶豫說好，我們當天就出發前往柏夢島。

我們在島上待了十五天，兩人墜入情網的同時，我們也同時愛上這座島嶼。那段時光超乎歲月，這他媽的人生偶爾還是會給你這樣的時光，好讓你以為世上真的有幸福存在。燦爛的時光接二連三，像珍珠串成項鍊。我在一時衝動之下，瘋狂地花了十年的版稅買下「南十字星」，想像我們在這裡幸福度日，以為我們會在這個理想的地方看著孩子成長。以為自己將來會在這裡寫出新的小說。我錯了。

★

接下來的兩年，我們過著完美和諧的伴侶生活，雖然兩人並非長伴左右。在一起時，我們若不是在布列塔尼，就是在柏夢島。索瓦綺克是布列塔尼人，她的家人住在那裡。「南十字星」是我們的小窩。新戀情激發我的寫作熱情，我開始動筆寫新小說，書名是《無懈可擊的夏天》。其他時間，索瓦綺克都待在戰場。她又回到她最在乎的巴爾幹半島，為紅十字會進行醫療任務。

很不幸地，巴爾幹的戰爭苦難仍未結束。從一九九八年開始，輪到科索沃起火燃燒。不好意思，我又必須再度扮演歷史老師的角色，但唯有如此，妳才能理解發生了什麼事。

科索沃這塊土地原本是塞爾維亞的自治省，境內居住的多半是阿爾巴尼亞人。自一九八○年代末開始，米洛塞維奇開始削減科索沃的自治權，接著塞爾維亞企圖讓塞爾維亞人在此大舉移民。

一部分的科索沃人被驅逐出境，人們群起反抗，一開始是和平示威，帶領者是人稱「巴爾幹甘地」的易卜拉欣・魯戈瓦，他以拒絕暴力聞名。但接下來，科索沃解放軍成立之後，便開始了武裝衝突。科索沃解放軍的後援基地在阿爾巴尼亞，他們趁政權垮台時劫掠了許多武器，囤積在該地。

索瓦綺克是在科索沃戰爭期間被殺的。那是一九九八年十二月底的事。根據外交部寄給她父母的報告，她是在距離首都普里斯提納三十多公里的地方，和一名在當地採訪的英國戰地攝影記者一起誤入陷阱。她的遺體被送回法國，十二月三十一日下葬於布列塔尼聖馬潤城的小墓園裡。

★

摯愛之死徹底毀滅了我。我足不出戶整整六個月，沉浸在酒精與藥物製造的迷濛之中。一九九九年六月，我宣布封筆不再寫作，因為我再也不希望有人對我抱持期待。

世界繼續運轉。經過多番拖延之後，聯合國終於在一九九九年春天決定干預科索沃，進而對該地進行空襲。接下來的初夏，塞爾維亞軍撤出科索沃，科索沃成為國際保護國，由聯合國監督。這場戰爭共造成一萬五千人犧牲、數千人失蹤，其中許多是平民。這一切發生在距離巴黎僅僅兩小時飛行距離的地方。

★

入秋之際，我決定前往巴爾幹半島。先去塞拉耶佛，接著去科索沃。我想看看這些對索瓦綺克至關重要的地方，看看她生命最後幾年居住過的場所。這裡情勢依舊緊繃，我和科索沃人、波士尼亞人與塞爾維亞人見面，他們既驚恐又徬徨。他們這十年都在戰火與混亂中度過，如今舉步維艱地試圖重建。我搜尋著關於索瓦綺克的回憶，她像幽魂一樣出現在街道轉角處，出現在花園裡、醫療站裡。她的幽魂照看著我，陪伴著我的苦痛。那非常痛苦，但也讓我稍微好過一點。

我見了一些在索瓦綺克過世前不久看過她的人，幾乎下意識地在對話中蒐集情報。

這邊一則內情引出那邊一個疑問，一而再、再而三。這些線索漸漸構成一張蜘蛛網，將我原先的追悼之旅轉化為一場調查，挖掘索瓦綺克是在什麼情況之下被殺的。我已結束人道任務很久，但還保有從前學到的反應能力與現場判斷力。我有一點人脈，最重要的是，我有時間。

★

我一直搞不懂，索瓦綺克被殺時，她陪《衛報》那個年輕攝影記者去那裡做什麼。那傢伙名叫蒂莫西·梅庫里歐。我從不認為他們會是萍水相逢的戀人，而且我後來得知梅庫里歐是公開出櫃的男同志。但我也不相信他們兩人是偶然出現在那個地方。索瓦綺克會說塞爾維亞－克羅埃西亞語，梅庫里歐應該是請她一起去採訪當地人。我數度耳聞，梅庫里歐當時正在調查「惡魔之家」。傳言指出，「惡魔之家」位在阿爾巴尼亞，本來是個農場，但被改造為俘虜拘押營，提供器官買賣所需的內臟。

阿爾巴尼亞境內有一些拘押科索沃人的地方，這件事並非完全是空穴來風。阿爾巴尼亞是科索沃解放軍的後援基地，科索沃解放軍在該處設了一些戰俘營。但「惡魔之家」

是另一回事。根據我聽見的謠言，俘虜（多半是塞爾維亞人，但也有被指控通敵的阿爾巴尼亞人）被帶到「惡魔之家」後，會根據醫事檢驗標準進行篩選分類。在這令人毛骨悚然的環節之後，有些人便被一槍斃命，子彈射進腦袋，內臟則被摘除。據說這卑鄙醜陋的器官買賣是由黑道集團「庫希多拉」的人操控運作，庫希多拉是個非常黑暗的組織，當地人都懼怕他們。

★

關於這個謠言，我不知該作何感想。一開始，我覺得這太瘋狂了。我很清楚，在這樣的非常時期，很容易出現各式各樣誇大不實的流言，來詆毀其他陣營。但我還是決定從頭開始調查梅庫里歐和索瓦綺克當時正在調查的事，我想，這件事只有我辦得到。當時，前南斯拉夫有上萬名失蹤人口，相關證據很快就煙消雲散，人們害怕多談。但我還是想調查清楚，而我越深入調查，就越認為惡魔之家真的存在。

奮力搜尋之下，我找到一些可能知情的人士，但一旦話題觸及器官買賣的細節，他們便都三緘其口。我遇到的人多半是農民或窮工匠，他們都很畏懼庫希多拉那幫黑道份子。我向妳提過庫希多拉，妳還記得嗎？在阿爾巴尼亞的民間傳說中，庫希多拉是一種頭上有角的雌性惡龍。這頭凶惡的巨獸有九條舌頭，雙眼是銀色的，長長的醜陋身軀佈滿了刺，巨大的兩扇翅膀顯得累贅。民間信仰中的庫希多拉總要求更多活人獻祭，否則牠便噴火燃燒全國，讓四下淪為血海。

有一天，我的堅持不懈終於有了成果：我找到一名參與過這起買賣的司機，他曾將俘虜載至阿爾巴尼亞。經過多次無止無休的協商之後，他答應載我去惡魔之家。那是一座已經成為廢墟的農場主屋，位在森林之中，四周杳無人煙。我四下探尋，卻沒找到什麼相關線索。這裡很難讓人相信會是進行醫療手術的地方。距離這裡最近的村莊，位於十公里外。當地人非常排外，每當我提起這個話題，他們的舌頭就打結了，他們怕庫希多拉的人會進行報復。為了避免和我交談，他們全都假裝自己連一句英語都不會說。

我決定就地露宿，就這樣露營了好幾天。最後，有一名養路工的太太被我的故事打動，她基於憐憫，向我轉述她丈夫曾經告訴過她的事。惡魔之家只是一個中繼站，是個篩選中心，俘虜在這邊被迫接受一連串的健康檢查和血液分析之後，符合要求的器官提供者會被載往伊斯托克城郊一間小規模的地下診所：鳳凰醫院。

★

我依照她給我的指示，終於找到鳳凰醫院的所在地。在一九九九年冬天的科索沃，它已是一棟破敗不堪的廢棄建築物，器材都被小偷掃光了。屋裡只剩下兩三張生鏽的病床，幾套已經不能用的醫療器材，和一些垃圾桶，裡面裝滿塑膠套和空藥盒。最重要的是，我遇見一個住在這裡、類似遊民的人。他毒癮很深，自稱名叫卡斯登・卡茨。他來自奧地利，是個麻醉醫師，鳳凰醫院還沒關門時，他在這裡工作。後來我才得知，他有兩個不太好聽的綽號：「哄孩子睡著的小沙人」和「夜間部藥劑師」。

我問他醫院的事，但他的狀況不太好。他渾身大汗，眼神恍惚，痛苦得扭成一團。卡茨對嗎啡的癮頭很重，願意為它付出一切。我向他保證，晚點我會帶著嗎啡回來。我去了普里斯提納，整天都在城裡尋找麻醉劑。我身上有足夠現金讓我找到對的管道，所有能找到的嗎啡我全都搜刮走了。

回到鳳凰醫院時，夜幕已低垂許久。卡斯登・卡茨看起來像殭屍一樣恐怖。他把一道通風口改成壁爐，燃燒膠合板來取暖。他一看到我拿著兩管嗎啡，就像瘋子一樣撲過來。我親自為他注射嗎啡，等了好一陣子，等他似乎終於平靜下來之後，他便將祕密娓娓道出，將一切都告訴我。

首先，他證實惡魔之家是個篩選中心。接著，他表示其中一些俘虜確實被載到鳳凰醫院。他們是在鳳凰醫院被射穿腦袋，內臟（通常是腎臟）則被摘除，準備移植。接受移植手術的病人，不出意料，是一些有錢的外國人，願意支付五萬至十萬歐元的手術費，「生意非常好」。卡斯登．卡茨繼續說下去，他自稱認識庫希多拉的主謀。掌控這一切的是一組邪惡的三人團體：一名科索沃高級軍官、一名阿爾巴尼亞黑道份子、和一名法國醫生——亞歷山德．韋赫訥。科索沃軍官與阿爾巴尼亞黑道負責逮捕、運送俘虜，而負責監督所有「醫療」相關環節的人……瑪蒂德，那個人是妳父親。除了卡茨之外，妳父親還雇了一組醫療團隊：一名土耳其外科醫生、一名羅馬尼亞外科醫生、一名希臘護理長。這些人的醫術很好，但似乎不太清楚他們的醫師誓詞內容。

根據卡茨的估計，鳳凰醫院大約進行過五十多起這樣的違法手術。摘除的腎臟有時並非現場移植，而是空運至外國診所。我用嗎啡引誘卡茨，盡其所能地盤問他。他說得很明確：整起買賣真正的首腦就是亞歷山德．韋赫訥，是他規劃所有程序，並主導一切行動。最糟的是，妳父親並非在科索沃才首度嘗試這種事。妳父親只是重拾他在其他地方進行人道救援任務時，已經做過的生意。韋赫訥人脈很廣，位階很高，他能拿到許多國家的醫療檔案，進而聯繫那些願意重金購買新內臟的重病病患。所有交易當然是以現金支付，或透過海外的銀行帳戶進行。

我從外套口袋拿出兩管新的嗎啡，卡茨用瘋狂的眼神盯著它們。

「現在，我要你告訴我關於蒂莫西．梅庫里歐的事。」

「《衛報》那個男的？」卡茨回憶著，「他追我們追了好幾週。我們剛開始這筆生意時，有個科索沃護士為我們工作過，這護士後來成為梅庫里歐的線人，梅庫里歐就一路查到我們這邊。」

卡茨捲了一支菸，他吸菸的樣子簡直像是不吸就會死掉一樣。

「庫希多拉的傢伙嚇阻了梅庫里歐好幾次，要他停止調查，但這個記者硬是要扮演英雄。有天晚上，警衛逮到他帶著攝影機出現在這裡，他腦袋真是太不清楚了。」

「他並非獨自一人。」

「沒錯，他帶了個金髮妞，應該是他的助理或翻譯。」

「你們把他們給殺了？」

「是韋赫訥自己宰掉他們的。除了殺掉也沒有別的辦法。」

「遺體呢？」

「被我們運到普里斯提納附近，好讓人以為他們兩個是不小心落入陷阱。真令人悲傷，但我才不會為他們哭泣。梅庫里歐很清楚他來這裡冒的是什麼險。」

★

瑪蒂德，妳想知道真相，這就是真相：妳的父親並不是什麼優秀而慷慨的醫生，那是他裝出來的。他是個罪犯、是個兇手，是個可憎的怪物，要為幾十條性命負責，而且他親手殺害了我唯一愛過的女人。

★

回到法國時，我下定決心，要殺掉亞歷山德·韋赫訥。但我先花了一點時間，好好地將我在巴爾幹半島取得的相關證據謄寫建檔、記錄下來。我將自己拍攝的所有照片都沖洗出來，分類歸檔，把我錄下的畫面剪接起來。我花很多時間調查妳父親服務過的其他戰區，建立一份盡可能詳細的罪狀檔案。我不只要他死，還要揭發他是個怎樣的禽獸。

總之，和妳以為妳要對我進行的報復是一樣的事。

將這份指控書整理完畢之後，便是該採取行動的時候了。我開始跟蹤韋赫訥，幾乎在他每次外出時都偷窺他。我還不知道具體來說，我該如何動手。我希望他遭受長長的酷刑、受盡凌辱。然而，隨著時間流逝，我漸漸認清一件事：我的復仇太溫和了。殺掉韋赫訥有個危險，就是他會成為受害者。另外，殺掉他的話，他的苦難就太快結束了。

二〇〇〇年六月十一日，我推開蒙帕納斯大道上的勒多姆餐廳的門。這是妳父親經常光顧的餐廳。我將一份指控書影本遞給外場領班，請他轉交給韋赫訥，並在韋赫訥發現我之前離開餐廳。我已做出決定，到了隔天，便會將我所揭露的真相和相關證據交給媒體和司法單位。但在那之前，我要韋赫訥嚇得屁滾尿流，要他被恐懼啃噬。我想在鉗子夾得他動彈不得、緩緩將他粉身碎骨之前，先給他幾個小時，讓他有時間想像這情景。我要他先痛苦幾小時，要他清楚意識到這憂心忡忡的時刻，讓他好好想像這場海嘯即將吞噬他，並摧毀他的人生，也摧毀他太太、他的孩子和他父母的人生。毀滅他。

離開餐廳後，我回到家裡呆坐，覺得索瓦綺克彷彿又死了一次。

★

「席丹當總統！席丹當總統！」

晚上將近十一點時，慶祝法國隊勝利的足球迷將我吵醒。我滿身大汗，煩躁不安。整個下午都在喝酒的我，雖然神志不清，但還是被一陣擔憂折磨：韋赫訥這樣一個凶狠的人，會怎麼反應？他不太可能什麼都不做。剛才行動時，我並沒有想到，這樣會造成什麼後果。沒錯，我並沒有想到他的妻子和兩個孩子。

一陣不祥的預感籠罩了我，我跑出家門，去蒙塔勒貝特停車場把車子開出來，駛過塞納河，一路開到拉內爾拉格公園附近。開到美居大道，抵達妳父母家門前時，我立刻察覺有什麼事不對勁。地下停車場的電動柵門是開著的。我開進地下停車場，將我的保時捷停在那裡。

接下來的一切發生得很快。我在地下室按電梯時，聽見樓上傳來兩聲槍響。我趕緊爬樓梯，衝上三樓。公寓的門開著。我踏進妳家時，妳父親手中拿著一支泵動式步槍。玄關的牆上和地上濺滿血跡。我看見妳母親和妳弟弟的兩具屍體倒在走廊盡頭，接下來就即將輪到妳。妳父親被一種有前例可循的瘋狂殺意俘虜了：他要先殺光全家，然後再自殺。我撲向他，試著奪下他手中的槍。我們在地上扭打，此時步槍突然發射，一槍炸開他的頭顱。

就這樣，我在不知情的狀況之下，救了妳一命。

14

兩名逃出虛無的脫險者

地獄空無一人，
惡魔盡在此地。

——威廉・莎士比亞

1

室內被一道又一道閃電照亮，緊接著便是隆隆的雷聲。坐在客廳桌前的瑪蒂德剛讀完納森．弗勒斯的自白書。閱讀這篇文字時，她數度以為她會無法呼吸，彷彿室內的氧氣變得稀薄，而她隨時都可能昏厥倒下。

為了證明自己所言不假，納森不只寫下這段往事，還從櫃子裡拿出這起調查的相關證據——三份厚厚的文件夾，和他剛用打字機打出來的那疊紙放在一起。

瑪蒂德眼前，是她父親的恐怖暴行的證據。是她自己要求真相，但真相太難以承受，使她陷入迷惘。她的心跳得如此猛烈，動脈彷彿要撕裂了。納森說過，他的真相是腐蝕性液體。他不只遵守承諾潑灑酸液，而且還瞄準眼睛潑了下去。

她責怪自己。她怎麼能夠盲目到這個地步？無論是青春期、抑或在她父母過世後，她都從未認真想過，家裡的錢是從哪來的。坐落於美居大道的六十坪公寓，還有位在瓦勒迪澤爾的滑雪別墅，再加上安堤布岬角的濱海度假屋。她爸的那些手錶。她媽媽的豪華衣帽間，大小可媲美一房一廳的公寓。她明明是個記者，曾經負責調查許多人的罪行，包括疑似侵佔公款的政治人物和被控逃稅的知名人士，她也調查過某些企業老闆的不道德行為，但她從未稍微花點心思來調查她自己。人總看見他人眼中的木屑，卻看不見自己眼裡的梁木，亙古不變。

她看著窗外的納森。屋外的他站定不動，小中庭的木製順水條為他擋雨。他直視著地平線。忠心耿耿的奔哥跑到主人身邊守護他。剛才閱讀時，她將步槍擱在桌上。現在，她再度拿起步槍。胡桃木槍托，鋼製槍管雕著凶惡的庫希多拉。她現在已經知道，這支步槍就是殲滅她家人的槍。

*現在該怎麼做？*瑪蒂德這樣問自己。

她可以朝自己的腦袋開一槍，結束這整件事。這樣做，對此刻的她也算是一種解脫。她曾經自責過那麼多次，自責沒和弟弟一起死。她也可以殺掉納森，燒掉他的告解書和他的調查檔案，不計代價地維護韋赫訥一家的聲譽。沒有一個家族能從這樣的污點中重新站起來，這樣的爆炸性事件會讓你無法傳宗接代。這無恥下流的醜聞一旦公諸於世，你的子孫後代都將遭殃好幾個世紀。第三個解決之道是殺掉納森然後自殺，剷除這起案件的所有知情人士，從此徹底根絕「韋赫訥血案」這起瘟疫。

瑪蒂德腦中是提奧的畫面，縈繞不去。令人心碎的快樂回憶。她弟弟那張詼諧的臉如此可愛。他的彩色眼鏡，和門牙的牙縫。提奧是如此喜愛她，如此信賴她。當他害怕夜晚、怕寓言故事中的怪物、或害怕下課時間的操場上那幾個高年級的小混混時，她常常安撫他，不斷告訴他不用擔心。她總一再告訴他：當他需要她時，她永遠都會在。這些話她一點都沒有負起責任，因為他唯一一次**真的**身陷危險時，她什麼都做不了。更糟的是，她只想著自己，只顧著逃進她自己的房間。她難以忍受這想法，她永遠無法抱持這個念頭活下去。

儘管下著雨，她卻瞥見窗外的納森冒雨走下石階。石階通往海邊，而他的 Riva 快艇就停在那裡。她一度以為他打算乘船離去，但她想起自己剛才看到船鑰匙還放在玄關置物處。

她的耳朵嗡嗡作響，腦子裡一片沸騰。她想到了別件事。她並非真的完全沒有懷疑過她的家庭。她從十歲的時候開始（或甚至更早也說不定），便在極度開心的時期與極端黑暗的時期之間來來回回。有時她被一股不知從何而來的生之苦痛折磨，被憂慮啃噬。然後便是她的進食障礙，導致她在青少年之家住院兩次。

現在她懂了，早在那個時期，她父親的雙面人生的祕密就已經腐蝕她的心，也開始影響她弟弟。在一道嶄新光芒照耀之下，她突然看清自己人生中的這一部分。提奧的悲傷，他的哮喘，他的殘酷夢魘，他失去自信、功課變糟。他們自孩提時期便懷抱著這個祕密，像緩緩毒害他們的毒藥。在完美家庭的表象之下，他們這對姊弟接收到一些陰影，嗅到幾股毒氣。一切都在無意識之中進行。他們應該是像心電感應一樣，模糊地接收到一些謎樣的對話、舉止、心照不宣的祕密、還有沉默，這都在他們心中注入一股漸漸擴散的憂慮。

而她的母親呢？她母親對自己丈夫的罪行知道多少？或許索菲亞不太清楚實情，然而，對於源源湧入的大筆金錢，她或許太輕易順應時勢，而不去問太多問題。

瑪蒂德覺得自己正在沒頂，好幾分鐘期間，她完全失去方向，失去所有長期以來界定她是誰的指標。就在她即將拿步槍指向自己時，她無力地試著攀住什麼東西，而她想起納森自白書中的一個細節：屍體倒下的順序。突然間，瑪蒂德開始懷疑納森說的話。在她的創傷性失憶結束之後，她想起的記憶驚人地清晰。她非常肯定，她爸是第一個死的。

2

轟隆隆的雷聲撼動屋子，屋子彷彿即將脫離懸崖。瑪蒂德拿著步槍穿越露台，走下石階，去浮橋附近找納森和奔哥。

她來到屋子地基前方的大片石板地。納森在簷下避雨，房屋這一部分的正面由厚厚的磨石粗砂岩砌成，牆上有一排不透明的圓形小窗。瑪蒂德第一次看到這排小窗時，感到相當疑惑，現在她覺得這地方應該是Riva快艇的船棚，儘管在暴風雨期間，風浪可能會淹沒浮橋、打上這裡。

「你說的事發經過當中，有一件事不符事實。」

納森疲倦地按著脖子。

「屍體倒下的順序，」瑪蒂德堅持道，「你說，我爸在過世之前，先殺了我媽，然後再殺掉我弟。」

「事情是這樣發生的沒錯。」

「但我記得的完全不是這樣。我被第一聲槍響驚醒後，走出房間，就**看見**我爸的屍體倒在走廊上。接下來，我才看到我媽被殺、我弟被殺。」

「這，是妳**以為**自己看見的畫面。但這只是重新建構的記憶。」

「我很清楚自己看到了什麼！」

納森似乎很懂這個主題：

「消失多年的記憶再度回來時，雖然乍看之下非常清晰，但並不可靠。本質上來說，這些記憶並不是假造的，但它們已經損壞，已是重新建構出來的。」

「你是腦神經專家嗎？」

「不。我是小說家，我讀過這方面的書。創傷性的記憶有時很有問題，這是很明顯的事。所謂的『假記憶』這個議題，在美國引發了很多年的爭議，人稱『記憶戰爭』。」

瑪蒂德換個角度質疑他：

「科索沃這場調查，為什麼只有你一個人進行過？」

「因為我人在現場。更重要的是，因為我沒向任何人請求許可。」

「如果這場器官買賣真的發生過的話，一定會留下痕跡，有關當局不可能隱瞞這種事。」

納森苦笑。

「妳從來沒去過巴爾幹半島，也沒到過戰地現場，對吧？」

「是沒錯，但是……」

「確實有人做過一些初步的調查，」他打斷她，「但在那個時期，當務之急是重建一個勉強算是法治國家的國家，而非重新喚起戰爭的傷口。而且，若要調查這件事，在行政程序方面會是一團亂。在當時管理科索沃的聯合國臨時特派團和阿爾巴尼亞當局之間，所有人都互踢皮球。前南斯拉夫問題國際刑事法庭和歐盟科索沃法治特派團也一樣，這些單位擁有的資源非常有限，不足以進行調查。我已經向妳解釋過，要找到足夠並且吻合的證詞有多困難，而這類案件的證據又消失得有多快。而且還有語言隔閡。」

乍看之下，納森似乎對所有問題都有解答，但他是個作家，所以他本質上就是一個說謊專家——瑪蒂德始終深信這一點。

「二〇〇〇年六月十一日那天晚上，我家樓下的停車場大門為什麼會開著？」

納森聳聳肩膀。

「大概是被卡辛和艾波琳砸開的，為了進入樓上的退休老人家裡。這問題妳應該去問妳那兩位擅長拷打的爺爺。」

「那天晚上，你聽見兩聲槍響之後，就急忙衝上樓，進入我家公寓？」她依照他寫下的事發過程詢問他。

「對，妳父親將大門半掩，沒有關上。」

「你覺得這樣合乎邏輯嗎？」

「對一個決定殺害全家的人來說，沒有什麼是合乎邏輯的！」

「你畢竟還是忘了一件事：錢。」

「什麼錢？」

「你說器官買賣的收入當中，有一部分是匯到海外帳戶。」

「沒錯，卡斯登・卡茨是這樣告訴我的。」

「但這些帳戶去哪了？我是我爸遺產的唯一繼承人，卻從沒聽過這些戶頭。」

「這應該就是銀行機密原則，我想這些組織就是這麼不透明。」

「當年或許是這樣，但現在那些避稅天堂已經稍微被整治過了。」

「我猜，這些錢應該還在某處沉睡著。」

「那索瓦綺克那些信呢？」

「什麼？」

「那些信怎麼會出現在我媽媽的衣帽間？」

「妳父親應該是從索瓦綺克的遺體身上搜出了這些信。」

「就算是這樣，這可是會損害他名譽的物證，他為什麼要冒這個險，保留這些信？」

納森回答得很從容：

「因為信寫得很美。因為，就文學類型而言，這些信是書信體文學的傑作。」

「你還真是謙虛……」

「我說的是事實。」

「但我媽一點都不知道我爸的另一面，他為什麼會把這些信交給她？」

這下子納森無話可說了。他很清楚自己建構的故事正在瓦解，而瑪蒂德正從潰堤處迎面襲來。

3

瑪蒂德內心的自毀風暴已經過去，她又變回她自己，變回她喜歡的那個瑪蒂德。那個燃燒著熊熊烈火、頑固的瑪蒂德。那個打從孩提時期就苦苦努力，成功戰勝許多阻撓的瑪蒂德。她沒被擊倒，她充滿活力，已做好戰鬥的準備，只差還沒給敵人最後一擊。

「納森，我認為你沒對我說實話。我非常肯定，在我媽和提奧被殺之前，我已經看到我爸的屍體倒在走廊上。」

如今，她腦海中的回憶無比清晰。清楚，明確，精準。

雨勢漸弱。納森從避雨處走出來，雙手插在口袋裡，在浮橋上走了幾步。海鷗和鸕鶿在空中盤旋，發出驚人的叫聲。

「你為什麼騙我？」瑪蒂德走上浮橋，問道。

納森凝視著她的雙眼。他沒被打倒，只是妥協了。

「妳說得沒錯。那天晚上的第一聲槍響，確實殺掉了妳看到的那個倒在走廊上的人，但那不是妳父親。」

「那就是我爸！」

他搖搖頭，瞇起雙眼。

「妳父親很謹慎，很小心，這一切他都料想過了。他做出那麼駭人聽聞的事，他早已猜到，有一天，他的人生會面臨危機。為了避免大難臨頭，他早就事先規劃好，萬一發生什麼事，他隨時都能逃走。」

瑪蒂德楞住了。

「逃去哪？」

「亞歷山德．韋赫訥打算用別的身分重新展開新的人生。正因如此，他的海外帳戶用的不是他的名字，而是假身分的名字。」

「什麼假身分？納森，走廊那具屍體是誰？」

「那個人名叫達里烏斯．寇巴司。他是波蘭來的遊民，帶著他的狗露宿街頭。案發一年前，妳父親在蒙帕納斯大道上注意到他。他和妳父親同齡，兩人體型非常相似。妳父親立刻察覺，這對他大有好處。他和達里烏斯攀談，隔天兩人再度見面，妳父親在一間日間收容所幫達里烏斯找到一個位子。」

風開始轉向，遏阻了最後的雨勢。

「韋赫訥經常邀請達里烏斯去餐廳吃飯，」納森繼續說明，「他把自己的舊衣服送給達里烏斯，也幫助他去看醫生。妳母親毫不懷疑這背後的陰謀，她好幾次免費幫達里烏斯看過牙齒。」

「但他做這一切的目的是什麼？」

「為了在韋赫訥認為有必要演出一齣自殺戲碼時，讓達里烏斯代替他去死。」

瑪蒂德覺得自己搖晃起來，彷彿腳下的木造浮橋正在沉進海裡。

納森繼續說：

「二〇〇〇年六月十一日，韋赫訥要達里烏斯．寇巴司在將近午夜時，帶著旅行袋來家裡找他。韋赫訥騙達里烏斯，說要帶他去馬爾他騎士軍團的『塞納渡輪』。」

「『塞納渡輪』？」

「那是一艘停泊在雅弗爾河堤的船舶，改造成遊民收容所，遊民可以帶著狗入住。妳父親的計畫很簡單：殺掉達里烏斯，然後再殺光你們。妳媽、妳弟弟、還有妳。他也真的動手了。達里烏斯登門造訪時，妳爸叫妳媽去廚房煮杯咖啡，妳爸則趁機去翻他的行李。然後，當他們要出門去所謂的收容所時，韋赫訥便從近距離對著達里烏斯的臉開槍。」

瑪蒂德立刻提出異議：她記得很清楚，她父親的遺體有經過指認。

「沒錯，」納森表示同意，「隔天，遺體由妳祖父派提斯·韋赫訥和妳祖母一起指認。在傷痛與混亂之下，這只是例行公事，不可能揭發這起誰都想不到的陷阱。」

「那警察呢？」

「他們很審慎地做了他們該做的工作：分析遺體的齒列，將警方在妳父親的浴室中找到的梳子和牙刷上殘留的DNA拿來比對遺體的DNA。」

「梳子和牙刷都是達里烏斯的。」瑪蒂德猜測。

納森點頭：

「所以他才叫達里烏斯帶著旅行袋過來。」

「那牙齒鑑定呢？」

「這是最難造假的，但妳父親什麼都想好了：既然他和達里烏斯兩個人都在妳媽媽的牙科診所看牙，他只要在六月十一日下午去診所將兩人的口腔全景X光片調換過來，就能騙倒科技警察的技術人員。」

「那索瓦綺克那些信呢？他為什麼把信放進我媽的衣櫃裡？」

「為了使調查人員以為妳媽有外遇，誤導他們認為妳爸是因為太太出軌而殺害全家然後自殺。信中的『S』可以佐證這個假設。」

納森甩掉頭上的雨珠。現在輪到他被往事包圍，而他至今還是很難面對過去。

「我到妳家時，妳父親已經殺了達里烏斯・寇巴司、妳媽、和妳弟。他是真的讓門開著，或許為了方便逃走。但他要先殺掉妳然後再逃，這一點我到現在才知道。我和他纏鬥一番，奪下他的槍，用槍托砸了他的臉好幾下，使他失去意識。然後我進妳房間看了一眼，卻沒看到人。」

「所以我才會看到你的鞋子。」

「接下來，我回到客廳。妳父親傷得很重，神志不清，但他還活著。而我，我被自己剛才經歷的一幕驚得目瞪口呆。過了一段時間，我才真的明白發生了什麼事。當下，我無法多加思考，最後決定扛著失去意識的韋赫訥，搭電梯下樓。到了停車場之後，我扛著他走到車旁，讓他坐上副駕駛座。」

現在瑪蒂德明白了，為什麼艾波琳・沙碧堅稱自己看見納森的保時捷上坐著兩個人。

「我將車開到路上，駛向我印象中離這裡最近的醫院——布洛涅－比揚古的安柏斯．培爾醫院。然而，開到距離急診部只有幾公尺的地方時，我卻繼續往前開，沒停下來。我開了一整夜：巴黎外環道、A6高速公路、普羅旺斯、土倫。我無法就這樣讓韋赫訥把傷治好。這場悲劇他是唯一的元兇，不能只有他一個人活著從這場悲劇脫身。」

4

「我在凌晨抵達耶爾鎮。途中韋赫訥稍微恢復意識，但我用兩條安全帶綁住他。」

接下來，納森說話的方式就像那一夜的開車方式一樣快速、一樣毫不中斷。

「我一路開到聖朱利安玫瑰港，我的Riva快艇就停在這裡。我把韋赫訥放到船上，將船開到這裡。我想親手殺了他，這是我從科索沃回來時就想做的事。我早該親手殺了他，這樣的話，我剛才目睹的慘案就不會發生了。但我沒有立刻動手。我不希望他死得太輕鬆。我希望他死亡的過程非常漫長，非常恐怖，非常黑暗。」

納森走近船棚。現在的他彷彿發著高燒似的：

「索瓦綺克的死、還有韋赫訥犯下的所有罪孽，為了報這些仇，我應該送他下地獄。然而，真正的地獄不是一槍射進腦袋，也不是一刀刺進心臟。真正的地獄，是永恆的地獄，是永無止盡地受苦，是不斷重複的刑罰。普羅米修斯的神話寓言。」

瑪蒂德還是不懂他想說什麼。

「我將韋赫訥囚禁在『南十字星』，」他繼續說，「我逼他回答完那些我還沒查到的細節之後，就不再對他說話了。我以為這樣的漫長報復能使我滿足。這樣的報復，和我承受的痛苦一樣強烈。而歲月流逝，日日、月月、年年。多年離群索居，多年的孤寂，多年的懲罰與凌遲，到了最後，卻只讓我發現一件恐怖的事：這些時間以來，真正的囚犯不是韋赫訥，而是我自己。我成了我自己的獄卒……」

瑪蒂德倒退一步，目瞪口呆，因駭人真相而震撼不已：這些年來，納森・弗勒斯將她父親囚禁在船棚裡，囚禁在他家這處由不透明的圓形小窗封住的區域，囚禁在從來無人造訪的船棚裡。

她看著鑲嵌在懸崖底部的船棚。船棚入口是個窄窄的側門，另外有個翻板式的大門，像車庫入口一樣。她望向納森，要他證實這件事。他從口袋拿出一個小小的遙控器指向翻板門，門發出刺耳聲響，緩緩向上開啟。

5

風湧進怪獸巢穴，在船棚裡旋轉，掀起一股可怕的氣味，混雜著硫磺味、尿味和燒焦土壤的味道。

瑪蒂德使盡全身僅剩的氣力，帶著最後剩下的一點果斷決心，朝深淵走去。最後的對決。她解除步槍的安全鎖，緊緊將槍管靠在身上。風狠狠鞭打著她的臉，卻也帶來一陣清爽。

她等待許久，密斯特拉風的呼嘯聲中，傳出金屬的聲音。庫希多拉的巢穴陷在一片黑暗之中。鐵鍊移動的聲音越來越大聲，惡魔自黑暗中浮現。

亞歷山德．韋赫訥看起來已經不像人類了。他的皮膚毫無血色，既乾燥又佈滿紋路，宛若爬蟲類的皮膚。白髮濃密得嚇人，指甲像爪子一樣又尖又長。他臉色發紫，臉上長滿膿皰。他臉上的兩道裂口，是一對瘋狂而恍惚的雙眼。

父親變成了怪物，瑪蒂德在這怪物面前不知所措。在那幾秒之內，她又變回那個被狼和食人怪嚇壞了的小女孩。放下步槍時，雲層透出一道陽光，照亮了槍身上面的精緻雕刻：銀色眼睛的庫希多拉，耀武揚威地展開巨大的雙翅。瑪蒂德全身顫抖。她緊緊抓住槍托，但……

★

「瑪蒂德！我好怕！」

這聲音來自孩提歲月。腦海深處的古老回憶。一九九六年，夏天。距離這裡幾公里遠的松之峽灣。微涼的風，松樹的影子，尤加利樹的醉人香氣。提奧的笑聲，一陣又一陣。七歲的提奧獨自攀爬海灘對面的岩石小島，踏上針尖嶼的第一處起跳點。爬上去之後，他不太確定自己是否真有勇氣跳進海裡。提奧下方幾公尺處，瑪蒂德正在土耳其藍色的海裡泅泳。她抬頭望向針尖嶼，大叫著鼓勵他：

「跳呀，我的提奧！你是最強的！」

他還是猶豫不決，她向他揮動雙臂，傾盡所有信心大吼：

「相信我！」

這幾個字有魔力。這不是能隨便說出口的話語。這句話讓提奧突然雙眼發亮，重拾笑容。他稍稍後退，奔跑，躍入海中。畫面定格，提奧停在空中，像個正在登船攻擊的海盜。那是無憂無慮的幸福歡樂時光，但即使是在當下，就已帶著一種感傷的懷舊氛圍。這一刻，還感受不到未來人生終將成為的沉重、悲傷、痛苦的模樣。

★

回憶漸漸粉碎，終於融化在淚水之中。

瑪蒂德擦擦臉頰，走向惡龍。在她眼前顫抖著的惡魔已經不嚇人了，也毫無兇惡之色。那只是個痙攣的醜惡東西，在石地上拖行破碎的翅膀，佝僂、落魄、潦倒。傳說中的怪獸，被陽光照得睜不開眼睛。

狂風大作。

瑪蒂德不顫抖了。

她舉起步槍。

提奧的幽靈在她耳邊囁語。

相信我。

雨停了。風開始吹散雲朵。

槍聲只響了一次。

那聲音乾脆俐落，在雨過天晴的天空迴盪。

尾聲。

「靈感是從哪裡來的？」

《作家的祕密生活》註記

紀優・穆索

上個春天，我的上一本小說出版後不久，我受邀前往柏夢島上的唯一一家書店辦簽書會。這間書店「緋紅玫瑰」前老闆過世之後，由一對來自波爾多的年輕老闆接手，她們兩人充滿熱忱，放手一搏將書店現代化，讓老店獲得新生。她們請我擔任書店大使。

我從沒去過柏夢島，也不清楚它的地理位置。我經常混淆柏夢島和波克羅勒島。但我還是答應書店老闆的邀約，因爲她們人很好，而且我知道柏夢島是我最愛的作家——納森．弗勒斯曾經居住過將近二十年的地方。

我讀過的很多報導都說柏夢島居民的猜疑心很重，很不友善，但我的座談會和座談之後的簽書會都受到島民熱情相待，和柏夢島人聊天時也很愉快。他們每個人都告訴我一些趣聞，我和他們相處時，覺得很自在。「無論何時，柏夢島都歡迎作家。」兩名書店老闆這樣向我保證。她們爲我租了一個民宿房間度週末，民宿風景如畫，位在柏夢島南邊一座住著本篤會修女的修道院附近。

我好好把握這兩天參觀柏夢島。很快地，我就愛上這個不像法國的法國一隅。這裡是永恆的蔚藍海岸，卻沒有蔚藍海岸的觀光潮、浮誇、污染、水泥化。我無法下定決心離開這座島嶼。我決定在島上多留幾天，並開始尋找待售或待租的小屋子。我就是在這時得知柏夢島沒有房屋仲介：一部分的房地產買賣由島上的家族之間互相經手，另一部分則透過島民介紹認識的買家。我告訴民宿老闆自己正在找房子，這位名叫寇琳．登巴爾的愛爾蘭老太太告訴我，有一棟房子可能還沒賣掉，就是曾歸納森．弗勒斯擁有的「南十字星」。她將我介紹給一位有權執行這筆交易的人。

這個人就是賈斯伯·范威克，紐約出版界最後幾名傳奇人物之一。范威克擔任過弗勒斯和其他重要作家的經紀人。他最知名的事蹟，是在《羅蕾萊·奇異》被曼哈頓大多數出版社退稿之後，成功使這本書得以出版。報章雜誌刊登和弗勒斯有關的報導時，受訪的總是范威克，我不禁猜測他們之間是什麼關係。弗勒斯在選擇完全緘默之前，就已經讓人覺得他痛恨所有人：記者、編輯、甚至作家同仁。我打給范威克時，他正在義大利度假，但他願意放棄一天假期來帶我參觀「南十字星」。

我們約好見面時間。兩天後，他開著一台租來的迷彩 Mini Moke 來寇琳·登巴爾家載我。他胖胖的，看起來善良老實，穿著講究的仿古服飾，留著翹翹的鬍子，眼神很調皮，讓我不禁聯想彼德·烏斯蒂諾夫扮演偵探白羅時的樣子。

他一路載我到番紅花岬角，接著駛入一座原始的大園林裡。從海上吹來的微風氣息，混合著尤佳利樹和胡椒薄荷的香氣。路轉了個彎，來到一片陡峭的斜坡，大海突然出現眼前，納森·弗勒斯的房子也同時現身：一棟以赭石、玻璃和水泥建造的幾何外型建築。

我立刻愛上這地方。我一直幻想能住在像這樣的地方：高懸在峭壁上的別墅，面對一望無際的藍。我想像孩子們在露台上奔跑，想像我的書桌面向大海，而我在桌前靈思泉湧寫著小說，彷若美景本身便能提供源源不絕的靈感。但范威克開的價碼很高，而且他說我不是他目前唯一的客戶。波斯灣有個商務人士已經來參觀了好幾次，並提出一筆具拘束力的價格提議。「這機會若白白溜走就太可惜了，」范威克對我說，「這房子是爲了給作家居住而建的。」雖然我不太清楚怎樣的房子才算是作家的房子，但我實在太害怕錯過這機會，於是接受了這筆瘋狂的支出。

★

我在夏季搬進「南十字星」。屋況還不錯，但很需要翻新一下。這也很剛好，我需要再度用雙手做點事情。我開始著手整修。每天早上六點起床，寫作到午餐時間，下午就用來重新裝修這棟別墅，粉刷牆壁、修整水管與電路。一開始，我總覺得住在「南十字星」有點嚇人，范威克將這棟房子連家具一起賣給我，不管我做什麼，弗勒斯的幻影都在屋裡四處遊盪：他曾在這張桌前吃早餐，用這台烤箱做菜，用這個杯子喝咖啡。很快地，我變得一心只想著弗勒斯，想知道他住在這裡時幸福嗎？還有，他爲何決定賣掉這棟屋子？

想當然耳，第一次見到范威克時，我就問過他這個問題。雖然他和藹可親，當時卻很兇地回答我，這不關我的事。我馬上了解，如果我膽敢再問這類問題的話，南十字星就永遠不會屬於我了。我重讀弗勒斯的三本小說，下載了我能找到的所有關於他的報導，而且我還和島上曾經遇過他的人們聊起他。柏夢島的居民對弗勒斯算是讚不絕口。他的確被視爲是個有點憂鬱的人，不信任遊客，總是拒絕拍照，或回答和他的書有關的任何問題，但他對當地人倒是謙恭有禮。他滿幽默的，很好相處，而且經常光顧「惡之刻」酒館，這和他孤僻粗魯的形象相差甚遠。他突然搬走，讓大多數人都嚇了一跳。況且他搬離這裡的原因不甚明朗，儘管所有人都同意，弗勒斯是在去年秋天認識一位來島上度假的瑞士記者之後突然消失不見的。當時弗勒斯的黃金獵犬「奔哥」失蹤了好幾天，是這名年輕女子找到了狗，將牠送回來給他，兩人因此結識。除此之外，就沒人知道更多了。雖然沒人直說，但我能清楚感覺到，島民對他完全沒說再見就溜走，感到有點失望。「作家就是這麼害羞」，我這樣解釋來替他辯護，但不知道島上的人相不相信。

★

冬日降臨。

我不屈不撓繼續施工，上午寫書，下午翻修房子。說實話，我的書沒什麼進展。我正在寫的小說名叫《樹冠羞避》，但怎樣都寫不完。弗勒斯那巨大的影子四處跟隨著我，我放下寫作，把上午時光都拿來搜尋他的相關資料。我查到那名瑞士記者的身分，她名叫瑪蒂德。她的報社說她辭職了，但我沒問到進一步的消息。我追查到她住在瑞士沃州的父母那邊，他們回答我說女兒過得很好，並叫我滾蛋。

幸好，屋裡的翻修工程進展得比我的調查快多了。將主要空間翻新之後，我著手改造附設空間，第一個下手的地方是船棚。船棚裡本來應該停著弗勒斯的 Riva 快艇，范威克曾試圖把船賣給我，但我實在不知道買了這艘船能做什麼，於是拒絕了他的提議。船棚是屋裡唯一讓我覺得充斥負面能量的地方，既陰暗，又冷得刺骨。船棚裡有一些形狀宛如飛機小窗的圓窗，但都被堵死了，我重新打通這些漂亮的橢圓型窗戶，讓陽光灑進船棚。光這樣我還不滿意，我又將船棚內幾道縮減室內空間的矮牆也打掉，卻在其中一道水泥牆中，驚見牆中埋了一些骨頭。

當下，我非常慌亂。這些骨頭是人骨嗎？這幾堵牆是什麼時候砌的？弗勒斯難道會涉入殺人案嗎？

但作家的本性，就是什麼事都想太多。這一點我很清楚。我決定別再胡思亂想。

十五天後，當我稍微平靜一點之後，我又有了新發現。這次，我在屋頂裡的隱密角落找到一台杏仁綠色的奧利維蒂打字機，還有一個紙板文件夾，裡面裝了一百多頁稿件，似乎是弗勒斯起了頭但沒寫完的小說。

很久沒這麼興奮的我抱著這份寶物，下樓回到客廳。此時天色已黑，屋裡很冷，我在客廳中央的胡桃木懸掛式壁爐中點起爐火，爲自己倒了一杯「薔薇庭園」。這是弗勒斯最愛的威士忌，他在酒櫃中留了兩瓶。我坐進一張面向大海的單人沙發，開始讀這批用打字機打出來的稿子，第一次是狼吞虎嚥讀完，第二次則細細品味文字。這是我這輩子最難忘的閱讀經驗之一，雖然不盡相同，但可媲美我在青春期首度閱讀《三劍客》、《高個兒莫南》或《潮浪王子》的強烈感受。這是弗勒斯封筆前正在寫的小說《無懈可擊的夏天》的開頭一百頁，弗勒斯曾在法新社的最後一次訪談中提及這本書。它看來是一本強而有力的大河小說，充滿人道主義關懷，描述塞拉耶佛圍城戰將近四年期間，各式各樣人物的演變。我讀到的只是個起頭，文字很直接，未經修改，未加潤飾，但已足以燃起熊熊大火，完全不輸弗勒斯至今發表過的作品。

接下來這幾天，我每天早上醒來時，心中都深深抱持一種充滿力量的感受。我不斷告訴自己，我或許是這世上唯一一個擁有特權，能夠閱讀這份手稿的人。然而，這股飄飄然的感覺消散之後，我不禁自問弗勒斯爲何在寫到一半時放棄這本書。我手上這份稿子是一九九八年十月寫的，開頭寫得很不錯，弗勒斯應該對自己的作品相當滿意才對。他的人生一定是突然發生了什麼轉變，才使他如此斷然地放棄寫作。嚴重的憂鬱症？失敗的愛情？失去了重要的人？他停筆的決定會不會和我在船棚牆中發現的骨頭有關？

爲了將這件事弄清楚，我決定把這些骨頭拿去給專家看看。幾年前，我爲一本警匪小說找資料時，認識了斐德希克・傅柯，她是法醫人類學家，有時會參與一些犯罪現場的分析鑑定。她叫我去國立預防性考古研究所的巴黎辦公室找她。我將骨頭樣本裝在一個小小的鋁框硬殼行李箱裡，前往阿萊西亞街。然而，踏進拱廊大廳後，我卻在最後一刻洩了氣，離開了。我憑什麼讓弗勒斯的人生面對被污衊的危險？我不是法官，也不是記者。我是個小說家。我也是弗勒斯的讀者，而且，雖然這想法很天眞，但我很肯定，寫出《羅蕾萊・奇異》和《烈雷灼身》的人，不可能是個混帳，也不會是殺人犯。

★

我把骨頭處理掉，去紐約找賈斯伯・范威克。他的辦公室位在熨斗大廈，小小的空間堆滿稿件。牆上滿是復古棕色調的版畫，畫中是惡龍彼此纏鬥的場景，這些龍一頭比一頭更加醜惡、更加兇猛。

「這是出版界的譬喻嗎？」我問。

「或是文壇的譬喻。」他立刻反擊。

再過一週就是聖誕節了，范威克心情很好，他邀我去柯妮莉亞街上的珍珠牡蠣酒吧一同品嚐生蠔。

「你依舊很喜歡那棟屋子吧，但願如此？」他問我。我說對，但我也向他提起我在屋內施工，並在打掉船棚的一道牆時發現一些骨頭。雙肘支在吧台上的范威克微微皺起眉頭，但他臉上的神情還是讓人猜不透的他的心思。他爲我倒了杯桑塞爾白酒，對我說他很熟悉「南十字星」的建築結構，這棟屋子的建造時間可以追溯到一九五〇或六〇年代，也就是弗勒斯買下這棟屋子之前很久的事。他說，這些骨頭想必是牛隻或狗的骨頭。

「我還發現了別的東西。」我向他說起《無懈可擊的夏天》開頭那一百頁，他本來以爲我在開玩笑，但接下來他便開始懷疑我說的是眞的。我於是從公事包中拿出這份手稿的前十頁。范威克瀏覽一下，雙眼亮了起來。「這個笨蛋每次都告訴我，他已經把手稿的開頭給燒掉了！」

「你要我拿什麼東西來交換？」他問道。「什麼都不需要，」我將剩下的稿子遞給他說：「我不會勒索別人。」他感激地看著我，像捧聖物似地帶走那一百多頁稿子。走出生蠔餐廳時，我再度問他知不知道弗勒斯的近況，但他避而不答。

我換個話題，告訴他我正爲了新書寫作計畫尋找美國這邊的經紀人，這本新書將以虛構小說的形式來敍述納森・弗勒斯離開柏夢島之前的最後一段時光的故事。范威克表示擔憂：「這個主意很糟。」而我試著要他放心：「這不是傳記，也不是侵人隱私的作品，而是以弗勒斯的形象爲出發點的虛構故事。我已經取好書名了：《作家的祕密生活》。」

范威克面無表情。我不是來拜託他同意的，但我也不想在這種氣氛之下和他道別。「除了這個之外，我什麼都不想寫，」我再度開口，「對一名小說家來說，心中有個故事卻無法述說，沒有比這更痛苦的事。」這次范威克點了點頭。「我瞭解，」說完這句話後，他對我丟出這句他用來應付媒體的高論：「『納森・弗勒斯之謎』的謎底，就是謎題本身並不存在。」

「別擔心，」我回答，「我會編一個出來，這是我的工作。」

★

離開紐約之前，我在布魯克林一間販售二手打字機的店裡，買了幾捲色帶。

我在聖誕節前兩天的週五傍晚回到「南十字星」，天氣很冷，但地平線的日落景致依舊美得讓人屏息，幾乎是超現實的風景。這是我首度覺得自己回到家裡了。

我將《老槍》電影配樂的唱片放上唱盤，和壁爐奮戰一陣之後才點燃爐火，爲自己倒了一杯「薔薇庭園」。接著我在客廳的桌前坐下，桌上放著那台奧利維蒂公司出產的酚醛塑膠打字機。我將色帶放進去。

我做了個長長的深呼吸。再度回到鍵盤前方，這感覺眞好。這裡才是我的位置。一直以來，這裡是最不會讓我覺得不自在的位置。我敲出腦中浮現的第一個念頭，作爲暖身。

作家的首要資質，是屁股要結實。

鍵盤的劈啪聲從指尖傳來，在我身上引發一陣輕微的顫慄。我繼續打：

第一章

二〇一八年九月十一日，星期二

晴空閃耀，風將船帆吹得啪啪作響。這艘帆船在下午一點多駛離瓦爾海岸，現在以每小時五海浬的速度筆直開向柏夢島。

好了，開始了。但我才剛打出前幾句，就被賈斯伯·范威克傳來的一通長長的訊息打斷。他先是告訴我，他同意在我寫完小說後閱讀我的作品（當然是爲了監督成果，我才沒那麼笨），接著他向我保證弗勒斯過得很好，還說弗勒斯請他向我道謝，感謝我歸還那一百頁稿子。根據弗勒斯的說法，他忘記這些稿子的存在了。出於信任，范威克在訊息中附上一張照片，是某個遊客上週在馬拉喀什拍的。拍攝者名叫羅宏·拉福黑，是個法國僞記者。這個愛亂寫文章的傢伙在舊城區認出弗勒斯之後，就臨時起意化身狗仔隊，開始用鏡頭掃射弗勒斯，並試圖將照片賣給八卦雜誌或網站，但范威克在這些照片刊登之前，順利將它們拿了回來。

我滿懷好奇，仔細查看手機螢幕上的影像。這地方我認得：鍛冶市場，鐵匠們的露天市集，我去摩洛哥度假時曾經去過。我還記得那些迷宮般的狹窄小巷，滿滿的都是小舖，擁擠的攤販全是配備著打鐵工具和烙鐵的鐵匠，他們捶打、鑄造、加工那些金屬，將之化作燈具、燈籠、屏風和別的鑄鐵器具。

在簇射的火花之中，能清晰看見三個人的身影：納森·弗勒斯，傳說中的瑪蒂德，和一名年約一歲的幼兒，坐在推車裡。

照片裡的瑪蒂德穿著針織花布短洋裝、皮革騎士外套，腳下踩著一雙高跟涼鞋。她將手放在弗勒斯的肩膀上。她臉上散發一股難以言喻的氣質，似乎很有感受力，又非常溫柔，充滿活力，非常耀眼。照片前景的弗勒斯穿著牛仔褲、淺藍色亞麻襯衫和騎士外套。他的皮膚曬成古銅色，眼神清澈，看來風采依舊。他將墨鏡推到額頭上面，顯然已經發現攝影師正在拍他。他對鏡頭投來的眼神幾乎在說：去你的，你永遠都碰不了我們一根汗毛。他的雙手擱在幼兒推車的把手上，我看著那孩子的臉，覺得有點混亂，因爲他讓我想起我自己在這個年紀時的樣子：金髮圓臉，彩色的圓框眼鏡，門牙有牙縫。這張照片雖然侵犯隱私，但它無可否認地抓住了什麼東西：一種心照不宣的默契，一陣平靜美好的片刻，生命的完美平衡。

★

夜幕低垂於「南十字星」，突然之間，我在黑暗之中覺得很孤單，有點悲傷。我起身點燈，好繼續寫作。

回到工作桌前，我再度看著那張照片。我從沒見過納森・弗勒斯本人，但我卻覺得自己認識他，因爲我讀過他的書，我很喜歡他的作品。還有，因爲我住在他家。那張照片中的所有光芒，都被吸收到那孩子的臉上，融化在他的燦爛笑容裡。突然，我非常肯定，拯救弗勒斯的既不是書本，也不是寫作。是那孩子眼中閃耀的光輝給了他支撐點，讓他重新站穩腳步，再度投入人生。

於是我舉起手中的威士忌，朝他的方向舉杯致意。

得知他現在過得很幸福，我鬆了口氣。

《羅蕾萊・奇異》

納森・弗勒斯著

給瑪蒂德

納森・弗勒斯

1998年3月20日

利特爾&布朗出版社

紐約・波士頓・倫敦

是真・是假

靈感是從哪裡來的？

遇見讀者、書商、記者時，我總會被問到這個問題。然而，這問題並不像表面看來如此平凡無奇。這本小說《作家的祕密生活》是一種可能的解答形式，用來描繪小說誕生的神祕過程：一切的一切，都能激發靈感，都是潛在的小說素材來源，但沒有一樣是以我們實際經歷、看見或習得的樣子出現在小說中。現實中的每個細節都可以變形並轉化為正在醞釀的故事之重要元素，就像在奇異的夢境中一樣。於是，這個細節變成了小說情節，它依舊是真實的，但卻不再屬於現實。

譬如讓瑪蒂德以為找到殺人兇手的那台相機，靈感來自一則新聞。一台佳能PowerShot相機自夏威夷漂流六年後，在台灣的海灘上被拾獲。真的那台相機當中只有假期照片，小說中的那台就危險多了……

再舉一個例子，小說第二部的標題「金髮天使」，是弗拉基米爾・納博科夫（Vladimir Nabokov）寫給愛妻薇拉的無數情書中，其中一封使用的甜蜜小名。當我描寫納森・弗勒斯和S之間的通信時，心裡想的是弗拉基米爾・納博科夫這些美好的情書，還有阿爾貝・卡繆（Albert Camus）寫給瑪麗亞・卡薩雷斯（Maria Casarès）那些撼動人心的信。

至於柏夢島這座虛構島嶼的靈感，有一部分源自驚人的加州城市阿瑟頓（Atherton），另一部分則比較引人入勝：波克羅勒島（Porquerolles），還有我在伊茲拉島（Hydra）、科西嘉島和天空島（Skye）度過的假期。島上那些創意十足的商家名稱（「惡之划」酒館〔Les Fleurs du Malt〕、不來的彼特麵包店〔Bread Pit〕……）則是在外地繞路或找資料時巧遇的店家名字。

書店老闆格雷古瓦・奧狄伯的幻滅失望，還有他對文學未來的悲觀看法，有一大部分取材自菲利普・羅斯（Philip Roth）。

最後，關於納森・弗勒斯，這個我很喜歡在書頁中陪伴他的人物，他對離群索居的需求、他的封筆決定、他躲避媒體、還有他粗暴易怒的態度，這些特質有時是參考米蘭・昆德拉和沙林傑，有時是參照菲利普・羅斯（又是他），還有艾琳娜・斐蘭德（Elena Ferrante）……我現在已經覺得他是真的存在，而且我和故事尾聲中那位虛構的紀優・穆索一樣，很開心能夠得知他在世界另一個角落成功尋回人生的滋味。

參考資料

加布列·賈西亞·馬奎斯（Gabriel García Márquez），引用自傑拉德·馬汀（Gerald Martin）所著《馬奎斯的一生》（*Gabriel García Márquez: a life, Bloomsbury*, 2008）

安伯托·艾可（Umberto Eco）《昨日之島》（*L'île du jour d'avant, Grasset*, 1996）

威廉·莎士比亞（William Shakespeare）《李爾王》（*Le Roi Lear, v. 1606*）

達尼·拉費里埃（Dany Laferrière）《穿睡衣的作家》（*Journal d'un écrivain en pyjama, Grasset*, 2013）

瑪格麗特·愛特伍（Margaret Atwood）《與死者協商：瑪格麗特·愛特伍談寫作》（*Negotiating with the dead : a writer on writing*, Cambridge University

Press,2002）

約翰・史坦貝克（John Steinbeck）《史坦貝克：書信人生》（*A Life in Letters*, Viking Press, 1975）

安伯托・艾可（Umberto Eco）《一個青年小說家的自白：艾可的寫作講堂》（*Confessions d'un jeune romancier*, Grasset, 2013）

古斯塔夫・福樓拜（Gustave Flaubert）《情感教育》（*L'Éducation sentimentale*, 1869）

米蘭・昆德拉（Milan Kundera）《小說的藝術》（*L'Art du roman, Gallimard*, 1986）

菲利普・羅斯（Philip Roth）《夏洛克戰役》（*Opération Shylock, Gallimard*, 1995）

柔拉・涅爾・賀絲頓（Zora Neale Hurston）《塵跡漫漫》（*Dust Tracks on a Road*, J.B. Lippincott, 1942, «There is no greater agony than bearing an untold story inside you. »）

雷蒙・格諾（Raymond Queneau）《風格練習》（*Exercices de style*, Gallimard, 1947）

列維納斯（Emmanuel Levinas）〈一條狗的名字，或是自然權利〉（«Nom d’ un chien ou le droit naturel», in Difficile Liberté, Albin Michel, 1963）

語出歐仁・尤內斯庫（Eugène Ionesco）

佛蘭西絲・莎岡（Françoise Sagan）《我什麼都不背棄：莎岡訪談錄》（*Je ne renie rien, Entretiens*, 1954- 1992, Stock, 2014）（書名暫譯）

保羅・費瓦（Paul Féval）《駝子》（*Le Bossu*, 1858）（書名暫譯）

馬塞爾・普魯斯特（Marcel Proust）《追憶似水年華第三卷，蓋爾芒特那邊》（*Le Côté de Guermantes*, Gallimard, 1920）

艾琳娜・斐蘭德（Elena Ferrante）《不明碎片在腦海劈啪作響》（*Frantumaglia, Gallimard, Du monde entier*, 2019）（書名暫譯）

維吉爾（Virgile）《埃涅阿斯紀》（*Énéide*）

阿爾典・法雅（Arthème Fayard）對西默農筆下人物的評語，由貝納・德・法洛瓦（Bernard de Fallois）引用亨利・米勒（Henry Miller）〈讀，或不讀〉（«Lire ou ne pas lire», 刊於 Esprit 雜誌一九六〇年四月號）

約翰・艾文（John Irving）於 America 週誌二〇一八年夏季第六期中的訪談

法蘭茲・卡夫卡（Franz Kafka）《給米蓮娜的信：卡夫卡愛情書簡》（*Lettres à Milena*, Gallimard, 1956）

喬治・西默農（Georges Simenon）《藍色房間》（*La Chambre bleue, Presses de la Cité*, 1964）

亨利・柏格森（Henri Bergson）《笑——論滑稽的意義》（*Le rire*, Félix Alcan, 1900）

威廉・莎士比亞（William Shakespeare）《暴風雨》（*La Tempête*）

書中提及的其他作者與作品：

沙林傑（J.D. Salinger）《麥田捕手》（*L' Attrape-cœurs*）、史蒂芬・金（Stephen King）《魔女嘉莉》（*Carrie*）、J．K．羅琳（J.K. Rowling）《哈利波特》（*Harry*

Potter）系列，法蘭克・赫伯特（Frank Herbert）《沙丘》（*Dune*），谷口治郎《遙遠的小鎮》（*Quartier lointain*），喬治・西默農（Georges Simenon）《自殺》（*Les Suicidés*）與《看火車的男人》（*L'homme qui regardait passer les trains*），詹姆斯・喬伊斯（James Joyce）《芬尼根守靈》（*Finnegans Wake*），艾爾吉（Hergé）《丁丁歷險記6：黑島》（*L'Île Noire*），麥可・康納利（Michael Connelly）《詩人》（*Le Poète*），《一千零一夜》（*Les Mille et Une Nuits*）說書女莎赫薩德（Shéhérazade），勒內・吉拉爾（René Girard）《替罪羊》（*Le Bouc émissaire*），路易・阿拉貢（Louis Aragon）《未完成的小說》（*Le Roman inachevé*），讓・吉奧諾（Jean Giono）《屋頂上的輕騎兵》（*Le Hussard sur le toit*），阿爾伯特・科恩（Albert Cohen）《魂斷日內瓦》（*Belle du Seigneur*），加比爾・德・吉樂哈格（Gabriel de Guilleragues）《葡萄牙修女的情書》（*Lettres portugaises*），紀堯姆・阿波利奈爾（Guillaume Apollinaire）詩作〈若我死於彼地……〉（« Si je mourais là-bas... »，詩名暫譯），大仲馬（Alexandre Dumas）《三劍客》（*Les Trois Mousquetaires*），亞蘭－傅尼葉（Alain-Fournier）《高個兒莫南》（*Le Grand Meaulnes*），派特・康洛伊（Pat Conroy）《潮浪王子》

（*Le Prince des marées*）：「惡之划」（Les Fleurs du Malt）酒館名稱出自波特萊爾（Baudelaire）詩集《惡之華》（*Les Fleurs du mal*）、「冬日猴爵」（Un Saint Jean Hiver）餐廳名稱出自安東尼・布龍汀（Antoine Blondin）《冬天的猴子》（*Un singe en hiver*）：薩爾曼・魯西迪（Salman Rushdie）、馬利歐・巴爾加斯・尤薩（Mario Vargas LLosa）、法蘭西斯・史考特・費滋傑羅（Francis Scott Fitzgerald）、米歇爾・圖尼埃（Michel Tournier）、讓—馬里・古斯塔夫・勒克萊齊奧（J.M.G. Le Clézio）、讓・端木松（Jean d' Ormesson）、約翰・勒卡雷（John Le Carré）、瑪格麗特・莒哈絲（Marguerite Duras）、安德烈・馬爾羅（André Malraux）、亞瑟・韓波（Arthur Rimbaud）、歐內斯特・海明威（Ernest Hemingway）、巴勃羅・聶魯達（Pablo Neruda）、戈馬克・麥卡錫（Cormac McCarthy）；電影：《陽光普照》（*Plein Soleil*）、《大國民》（*Citizen Kane*）、《發條橘子》（*Orange mécanique*）。

柏夢島地圖：© Matthieu Forichon

紀優・穆索作品年表

二〇〇一年 *Skidamarink*

二〇〇四年《然後呢…》（*Et après…*）

二〇〇五年《救救我！》（*Sauve-moi*）

二〇〇六年《你會在嗎？》（*Seras-tu là ?*）

二〇〇七年《因為我愛你》（*Parce que j’ taime*）

二〇〇八年《我回來尋覓你》（*Je reviens te chercher*）

二〇〇九年《我怎能沒有你？》（*Que serais-je sans toi ?*）

二〇一〇年《紙女孩》（*La Fille de papier*）

二〇一一年《天使的呼喚》（*L’ appel de l’ ange*）

二〇一二年《七年後…》（*7 ans après…*）

二〇一三年《明天，你依然愛我嗎？》（*Demain...*）

二〇一四年《這一天…》（*Central Park*）

二〇一五年《會消失的人》（*L'Instant présent*）

二〇一六年《布魯克林女孩》（*La Fille de Brooklyn*）

二〇一七年《巴黎公寓》（*Un appartement à Paris*）

二〇一八年《少女與夜》（*La Jeune Fille et la nuit*）

國家圖書館出版品預行編目資料

作家的祕密生活 / 紀優.穆索(Guillaume Musso)著；周桂音譯. -- 初版.
-- 臺北市：商周出版：家庭傳媒城邦分公司發行, 民109.07
面； 公分
譯自：La vie secrète des écrivains
ISBN 978-986-477-852-2(平裝)

876.57 109007082

作家的祕密生活

原著書名／La vie secrète des écrivains
作者／紀優．穆索（Guillaume Musso）
譯者／周桂音
企畫選書／梁燕樵
責任編輯／梁燕樵

版權／黃淑敏、林心紅、劉鎔慈
行銷業務／莊英傑、李衍逸、黃崇華、周佑潔
總編輯／楊如玉
總經理／彭之琬
事業群總經理／黃淑貞
發行人／何飛鵬
法律顧問／元禾法律事務所 王子文律師
出版／商周出版
城邦文化事業股份有限公司
臺北市中山區民生東路二段141號9樓
電話：(02) 2500-7008 傳真：(02) 2500-7759
E-mail：bwp.service@cite.com.tw
Blog：http://bwp25007008.pixnet.net/blog
發行／英屬蓋曼群島商家庭傳媒股份有限公司城邦分公司
臺北市中山區民生東路二段141號2樓
書虫客服服務專線：(02) 2500-7718．(02) 2500-7719
24小時傳真服務：(02) 2500-1990．(02) 2500-1991
服務時間：週一至週五09:30-12:00．13:30-17:00
郵撥帳號：19863813 戶名：書虫股份有限公司
讀者服務信箱E-mail：service@readingclub.com.tw
歡迎光臨城邦讀書花園 網址：www.cite.com.tw
香港發行所／城邦（香港）出版集團有限公司
香港灣仔駱克道193號東超商業中心1樓
電話：(852) 2508-6231 傳真：(852) 2578-9337
馬新發行所／城邦(馬新)出版集團 Cité (M) Sdn. Bhd.
41, Jalan Radin Anum, Bandar Baru Sri Petaling,
57000 Kuala Lumpur, Malaysia
電話：(603) 9057-8822 傳真：(603) 9057-6622

封面設計／林子昭
排版／木木
印刷／韋懋實業有限公司
經銷商／聯合發行股份有限公司
電話：(02) 2917-8022 傳真：(02) 2911-0053
地址：新北市231新店區寶橋路235巷6弄6號2樓

2020年7月2日初版1刷

Printed in Taiwan
城邦讀書花園
www.cite.com.tw

定價 360元

商周出版

廣　告　回
北區郵政管理登記
台北廣字第000791
郵資已付，免貼郵

104台北市民生東路二段141號2樓

英屬蓋曼群島商家庭傳媒股份有限公司　城邦分公司

請沿虛線對摺，謝謝！

商周出版

書號：BL5085	**書名：**作家的祕密生活	**編碼：**

請於此處用膠水黏貼

商周出版

讀者回函卡

感謝您購買我們出版的書籍！請費心填寫此回函卡，我們將不定期寄上城邦集團最新的出版訊息。

不定期好禮相贈！
立即加入：商周出版 Facebook 粉絲團

姓名：____________________ 性別：☐男 ☐女

生日：西元________年________月________日

地址：____________________

聯絡電話：____________ 傳真：____________

E-mail ：

學歷：☐ 1. 小學 ☐ 2. 國中 ☐ 3. 高中 ☐ 4. 大學 ☐ 5. 研究所以上

職業：☐ 1. 學生 ☐ 2. 軍公教 ☐ 3. 服務 ☐ 4. 金融 ☐ 5. 製造 ☐ 6. 資訊
☐ 7. 傳播 ☐ 8. 自由業 ☐ 9. 農漁牧 ☐ 10. 家管 ☐ 11. 退休
☐ 12. 其他____________________

您從何種方式得知本書消息？

☐ 1. 書店 ☐ 2. 網路 ☐ 3. 報紙 ☐ 4. 雜誌 ☐ 5. 廣播 ☐ 6. 電視
☐ 7. 親友推薦 ☐ 8. 其他____________________

您通常以何種方式購書？

☐ 1. 書店 ☐ 2. 網路 ☐ 3. 傳真訂購 ☐ 4. 郵局劃撥 ☐ 5. 其他______

您喜歡閱讀那些類別的書籍？

☐ 1. 財經商業 ☐ 2. 自然科學 ☐ 3. 歷史 ☐ 4. 法律 ☐ 5. 文學
☐ 6. 休閒旅遊 ☐ 7. 小說 ☐ 8. 人物傳記 ☐ 9. 生活、勵志 ☐ 10. 其他

對我們的建議：____________________

____

____

請於此處用膠水黏貼